바람이
멈추지
않네

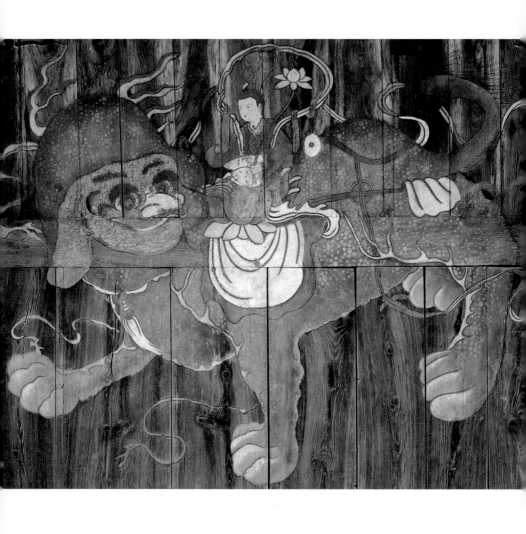

바람이 멈추지 않네

어머니와 함께한 10년간의 꽃마실 이야기

글 안재인 ─ 사진 안재인·정영자

쌤앤파커스

아침의 볕을 잡을 수만 있다면

어머니는 내가 고등학교에 다닐 즈음에 대학 입시 합격을 바라며 대구 팔공산 갓바위에 다녀온 뒤로 꾸준히 절에 다니기 시작했다. 처음엔 한 달에 한 번씩 친구분들과 그곳을 다녀오는 정도였는데, 점차 여수 향일암이나 남해 보리암과 같은 다른 사찰들을 찾아다녔다. 그렇게 매달 다닌 지 삼십 년이란 세월이 흘렀다.

그에 비해 나는 대학교 때까지는 사찰에 가 본 적이 거의 없다. 불교 방송에 취업하면서 자연스레 불교와 가까워지긴 했지만 일 때문에 가끔 절에 들렀을 뿐이다. 그러다가 그윽한 향 내음과 청량한 풍경소리에 이끌려 쉬는 날에 부러 근교의 고찰들을 찾아다니기 시작했다. 방송국을 그만두고 나서도 시간이 날 때마다 절에 들렀는데 한때는 사찰에 있는 공양주 보살들을 취재하러 다닌 적이 있다. 적어도 삼십 년 이상 절 살림을 맡아온 분들을 찾아다니다 보니 그분들의 나이는 예순을 넘긴 경우가 대부분이었고, 심지어 백 살이 넘은 분도 계셨다. 나는 그리 넉살 좋은 편이 아니어서 어머니와 함께 찾아가 어머니가 공양주 보살들과 이야기를 나누는 동안 곁에서 사진을 찍었다.

처음엔 불목하니들을 만나기 위해 어머니의 도움이 필요했을 뿐이다. 그러다가 오가는 길에 한두 장 어머니의 모습을 사진에 담기 시작했고 수년이 흘렀다. 어느새 내가 하는 작업의 주인공이 자연스레 어머니가 되어 가고 있었고, 그렇게 어머니와 나의 소요逍遙가 시작됐다.

2003년부터였으니 벌써 햇수로 십 년이 지났고 그동안 함께 다닌 절과 절터가 사백여 곳에 이르렀다. 그곳을 찾아가기 위해 거쳤던 마을이나 정자, 강과 산, 바다 같은 풍경까지 포함하면 천여 곳이 훌쩍 넘는다. 때로는 하루에 예닐곱 군데를 다닌 적도 있고, 일곱 시간을 달려 절이나 풍경 하나를 보고 오기도 했다. 꽃이 만발한 봄에는 한 달에 이십여 일을 객지에서 보냈으며, 단풍이 고울 때는 쉬지 않고 칠박 팔일을 여행한 적도 있다. 지금까지 그렇게 다닌 거리가 자동차로만 이십만 킬

들어가는 말

로미터. 서울에서 부산을 이백 번 왕복한 거리이고, 지구를 다섯 바퀴나 돈 셈이다.

그러나 아직도 어머니는 자신이 이 책의 주인공이라는 사실을 모르고 계신다. 내가 주로 사찰이나 불교 유적을 찍는다고 생각하신다. 어머니도 사진 보는 눈이 있어서, 일상적인 풍경에 사람이라도 한 명씩 있어야 화면이 심심하지 않다는 것을 알고 있다. 하루에 몇 군데의 절을 다닐 경우엔 여벌 옷을 준비해 가는 경우도 있었다. 당일로 다녀오는데 뭐하러 옷을 또 가져가냐고 물었다. 그랬더니 똑같은 옷을 입으면 같은 사람이라고 남들이 이상하게 생각할 테니 다르게 보여야 한다는 것이다. 굳이 그러지 말라고 하지 않았다.

내가 담아내는 사진의 주인공이 어머니로 바뀌었을 뿐 아니라 다니는 곳도 달라졌다. 처음에는 어머니가 조용히 기도할 수 있는 절을 찾아다녔지만, 내가 보여드리고 싶었던 것은 사실 아름다운 세상 풍경이었다. 구경하기 좋은 풍경 언저리에 있는 사찰에 갈 일이 생겼다는 핑계를 대고 나라 곳곳을 찾아다녔다. 동백을 시작으로 산수유, 매화, 유채, 벚꽃, 진달래, 철쭉, 복사꽃, 자운영, 양귀비, 백일홍, 연꽃, 꽃무릇, 개망초, 구절초, 억새…. 뿐만 아니라 매실이며 복숭아, 포도, 사과 등등의 과실 그리고 양파와 마늘 같은 것을 산지에서 사오기 위해 부러 근처의 절을 찾기도 했다.

부처를 만나기 위해 반드시 절을 찾아야만 하는 것은 아니다. 부처를 만나러 가는 길에 마주치는 아름다운 풍경 또한 부처다. 기도하는 간절한 마음도 보살의 마음이고, 경치를 보고 예쁘다 느끼는 것 또한 보살의 마음이다. 때문에 이 책은 어머니와 돌아다닌 절을 정리하는 것으로 시작했지만, 본문에는 사찰 사진이 그리 많지 않다. 주로 절로 가는 길에서 만난 자연의 모습이 대부분이다.

그런 자연 속에 어머니를 함께 담아내는 것은 내게는 커다란 행복이었다. 산도 들도, 강도 바다도, 꽃과 나무도, 바람도 안개도, 자연은 그때그때 색다른 감동을 안겨주었다. 그들이 홀로일 때도 아름답지만, 서로 어울릴 때면 더욱 아름답다. 그런 풍경 속에 나의 어머니까지 함께 어우러지니 그 아름다움을 이루 말할 수 있을까. 정지된 듯한 풍경 속에 움직이는 나의 어머니가 있기에 그 자연은 더욱 생동감 있게 살아 숨 쉬는 풍경이 될 수 있었고, 나의 어머니 또한 세상에서 제일 아름다운 풍경 속에 있으니 말이다.

이 책에는 어머니가 찍은 사진들도 간간이 실려 있다. 내가 어머니에게 사드린 유일한 생일 선물인 자동카메라로 찍은 사진들이다. 그것이 여러 기능이 있는 고급스러운 것이 아니라도 괜찮다. 어머니의 사진이 다른 사람들의 시각에서 봤을 때 좋지 않은 사진이라 해도 상관없다. 초점이 안 맞아도, 수평이 맞지 않아도, 그런 것들은 중요하지

들어가는 말

않다. 어머니가 찍은 사진은 당신만의 생각과 느낌이 담겨 있기에 소중하다. 아니, 어머니와 내가 함께한 시간과 추억이 서려 있으니 그것만으로도 족하다. 평생을 누구의 아내, 누구의 엄마로 살아온 어머니가 당신 이름을 걸고 보여주는 자랑스러운 사진들이다.

사실 처음 어머니와의 소요를 정리하고자 마음먹고 사진과 글 작업을 웬만큼 끝낸 것이 이미 수년 전이다. 어머니에게는 그럴듯한 책 선물을 해주고 싶었고, 남들에게는 더 아름답게 포장해서 보여주고픈 마음이 컸다. 그런 욕심 때문에 쉽게 마무리 짓지 못하고 붓방아만 찧으며 시간을 보내왔는데 그것이 얼마나 어리석은 일이었는가를 최근에야 깨달았다.

자연이 아름다운 이유는 꾸밈이 없기 때문이다. 어머니 또한 마찬가지다. 천 원짜리 옷을 해 입었다고, 쭈글쭈글한 할머니가 됐다고 해서 아름답지 않은 건 아니다. 나의 글도 다를 바 없다. 자연을 바라보며 있는 그대로의 모습이 가장 아름답다고 말하던 내가, 남의 눈에 들기 위해 글치레에만 매달려 세월을 흘려보냈으니 그 얼마나 한심한 일이었든지.

작년 봄 모든 국민의 눈에는 눈물이 마를 날이 없었다. 세상사 내일 일을 모른다고 하지만 삶이 얼마나 허망한 것인지, 지금 이 순간순간이 얼마나 소중한지를 이제야 비로소 알게 됐다. 변함없을 것만 같던 자연이 망그러지고 없어져 가는 모습을 보며 세상에는 영원한 것이 없음을 진즉 알고 있었는데, 그동안 그것을 잊고 살아왔다. 우리는 항상 다음이 있을 것이라고 생각하며 살아가지만, 다음이 아니라 늘 지금이어야 한다. 더는 늦출 수 없는 일이다. 나무는 고요하고자 하나 바람이 멈추지 않는다고 했으니, 흘러간 지난 세월이 애석할 뿐이다. 아침의 볕을 잡을 수만 있다면 얼마나 좋을까….

지난 이야기를 책으로 묶어낸다고 해서 이제 어머니와의 여행을 끝내려는 건 아니다. 오히려 지난날들을 돌아보는 시간을 가짐으로써 이제부터 본격적인 여행을 시작하려 한다.

함께한 오랜 세월 말로 다하지 못할 감사의 마음을 담아, 이 책을 어머니에게 바친다.

을미년 봄 안재인

차례

우리 집에는 사진관에서 찍는 그 흔한 가족사진 한 장이 없다.
어렸을 적에는 사진 한 장 박는 것도 부담스러운 살림살이여서 그랬다고 한다.
사진 찍는 것조차 그러했으니 가족 여행을 간다는 것은 더더욱 어려운 일이었다.

내가 기억하는 가장 오래된 나들이는 네 살 때쯤이다.
창경궁에서 벚꽃 구경을 했던 기억이 어렴풋이 있다.
고등학교 이후로는 형은 형대로, 나는 나대로 친구들과 어울려 다녔다.
형편이 좀 나아진 뒤로는 서로 시간을 내기가 힘들어졌고
그럴 마음조차 내지 못하며 살아왔다.

돌이켜 보니 형을 포함해서 우리 네 식구가 함께 여행 간 흔적이 남아있는 것은,
내 기억에도 없는 화계사 나들이가 지난 46년의 세월 동안 처음이자 마지막이었다.
내가 태어난 지 11개월 되는 때였다.

살며 생각하며

어렸을 때 자주 들었던 말이 있다.
장래희망은 무엇이며 꿈은 무엇인지.
반면 어떤 것에 관심이 가고 무슨 일을 하면
즐거운지에 대한 질문을 들어본 적은 거의 없다.

때문에 어떤 직업을 갖거나
동경하던 인물을 닮아가는 데만 관심을 가졌을 뿐,
어떻게 살아야 하는지에 대한 생각은 접어두고 살아왔다.
꿈이라 불리던 것을 이룬 뒤에야
정작 자신이 하고 싶은 일을 하겠다는 생각으로.

무언가를 이루기 위해서는 오랜 기다림의 시간이 필요하지만
잃는 것은 찰나의 순간일 수 있다.
많은 노력과 시간 끝에 이루어낸 성취감은 크지만
한순간에 잃었을 때의 절망감과 허망함 또한 몹시 크다.
하지만 그보다 더 중요한 것은
잃었다는 것조차 느끼지 못하는 많은 것들이 있다는 사실이다.

돌아봐야 한다.
지난 시간들을, 지금의 나의 모습을, 내 곁에 있는 사람들을.
그렇게 함으로써 깨달아야 한다.
꿈만 좇느라 놓쳐버린 정작 중요한 것들을.
오늘이 아니면, 지금이 아니면 할 수 없는 일들을….

내일이면 늦으리

 ◗ 서산 개심사 ◖

화무십일홍花無十日紅. 열흘 붉은 꽃이 없다고 했다. 아니다. 열흘이나 보기 좋게 피어 있는 꽃은 드물다. 한 가지에 달린 꽃들이 몇 날 며칠 피어 있는 듯 보이지만, 실은 서로 날을 달리해서 맺혀 있을 뿐, 한 송이 한 송이 꽃들은 하루 이틀 피었다 지는 경우가 대부분이다. 심지어 꽃이 가장 아름답게 보일 때는 어떤 경우엔 찰나일 수도 있다.

대부분의 사람은 '올해가 아니면 어때? 내년에 가 보면 되지.'라며 늘 다음을 기약한다. 그러나 다음 해가 되면 예기치 않은 상황이 벌어지기도 한다. 바쁜 일이 생기거나 혹은 잊어버리기 십상이다. 그렇게 몇 년이 지난 후, 아주 독하게 마음먹고 가 보면 그 해에 이상기후로 꽃이 피지 않거나 이미 볼품없어져 버린 경우가 많다.

광덕 스님(1927~1999)은 어느 날 제자 스님에게 연락했다.

"이보게, 내가 사는 이곳에 지금 꽃이 아주 만발했어. 한번 와 보게."

제자 스님은 마침 그때 처리해야 할 일이 있었던지,

"스님, 오늘은 일이 있어서 안 되겠습니다. 일이 정리되는 대로 조만간에 찾아뵙도록 하겠습니다."

그러자 광덕 스님은 전화를 끊으며 이렇게 말씀하셨다고 한다.

"내일이면 늦으리…."

비단 꽃놀이뿐만이 아니다. 바로 오늘이어야 하고, 반드시 지금이어야 하는 일들이 있다. 그런데 우리는 늘 오지 않은 미래를 걱정하느라 오늘을 속절없이 흘려보내고, 오늘 일은 내일로 미루며 다음을 기약하기만 한다.

십수 년 전 통도사에서 만난 노보살님은 경봉 스님(1892~1982)을 회상하며 이런 이야기를 들려줬다.

"경봉 스님은 이런 말씀을 자주 하셨어요. '동지가 오기 전에 동지 걱정을 하지 말라.'고. 동짓날이 되면 절에 신도들이 많이 오잖아요. 그

많은 사람에게 팥죽 공양을 다 하려면 준비해야 할 게 많거든요. 그러니 절 살림을 맡아 하는 사람들은 동지나 백중 같은 날이 다가오면 늘 걱정을 하게 돼요. 아마도 큰스님은 오지 않은 날에 대한 생각보다는 하루하루 매시간을 열심히 살아가라는 뜻으로 그런 말씀을 하신 게 아닐까 싶어요."

경봉 스님은 오늘이 아니면 할 수 없는 일, 지금 나에게 가장 급한 일은 바로 자신을 찾는 일이라고 했다. 그러나 내게 있어 그것은 소원하기만 하다. 눈에 보이지 않는 그 무언가를 찾아간다는 것은 결코 쉬운 일이 아니다. 하물며 하고 싶어 하는 일에서도 마찬가지다. 돈을 벌면, 여유가 되면…, 늘 그런 조건과 핑계를 달며 살아왔다. 꿈은 오늘 이 시간이 모여 이루어짐을 알면서도 하루하루 헛되이 보낸 나날이 많았다. 지금 이 순간은 결코 다시 오지 않음을 알면서도.

아름드리 소나무가 둘러싸인 돌계단 길을 걷고 커다란 배롱나무로 둘러싸인 연못을 지나 만나는 개심사開心寺. 언젠가부터 어버이날 즈음에 찾게 되는 곳이다. 어렸을 적에 어버이날이면 문방구에서 파는 만들어진 카네이션을 달아드리다가, 고등학교 때 처음으로 생화를 사드린 적이 있다. 어머니는 그때 뭐하러 비싼 것을 사왔느냐며 화를 내셨다. 용돈도 넉넉하지 않던 자식을 생각해서 하는 말씀이었음을 그 당시에도 알았지만, 예상치 않은 어머니의 반응에 상처받은 뒤로는 지금

껏 카네이션을 달아드리지 않고 있다. 하지만 마음만은 그렇지 않았으니 이십여 년이 지난 뒤에 내가 생각해 낸 것은 개심사에 모시고 가는 일이었다. 개심사에는 색색이 고운 겹벚꽃나무가 여럿 있는데, 만개했을 때 모습이 마치 카네이션과 다를 바 없고 마침 어버이날 즈음에 활짝 피기 때문이다.

흐드러진 벚꽃을 보여드리리라 마음먹고 삼 년 만에 다시 찾은 그곳이건만 그중 두 그루의 나무가 꽃을 피우지 않았다. 천삼백 년이나 살아오면서 언제나 푸른 솔잎을 보여줄 거라 믿었던 정선 화암리의 소나무도 십여 년 전 고사하고 말았다. 수백 년을 살아오며 영원하리라 여겼던 그 나무들조차 한순간에 사라지고 마는데, 하물며 백 년밖에 살지 못하는 인간이야 어떻겠는가. 세월과 자연의 재해가 아니고서는 꿋꿋하게 생명을 유지하는 그네들도 그러한데, 살아가면서 예상치 못한 많은 일들과 부딪치는 우리 사람들은 두말해 무엇할까.

내 주변에는 최근 몇 년 동안 부모님을 떠나보낸 친구들이 많다. 심지어는 함께 학교 다녔던 또래의 글동무 몇몇도 곁을 떠났다. 늘 함께 있을 것만 같은 나의 아버지와 어머니 역시 남은 시간이 그리 많지는 않을 것이다. ▨

호천망극 昊天罔極

⟫ 공주 마곡사 ⟪

삼사 월엔 나무에서 피는 꽃을 찾아다니고 오뉴월엔 땅에서 자라나는 꽃들을 살피느라 잎이 돋아나는 것엔 도통 관심이 없었다. 몇 해 전 봄, 안개 자욱한 진도 운림산방에서 봄비에 촉촉이 젖은 싱그러운 신록을 보고서야 깨달았다. 꽃만 보느라 나무를 보지 못했고, 나무를 보느라 숲을 느끼지 못했음을.

그렇듯 가까이 있거나 우연히 만나더라도 관심 없으면 알아채지 못하는 경우가 많다. 지금 당장 마음 쏠리는 일이 생기면 눈이 다른 곳을 바라볼 겨를이 없기 때문이다. 비단 풍경을 바라보는 눈과 마음만 그런 것은 아니다.

올해만큼은 푸릇한 신록을 보리라 마음먹고 떠난 곳은 충남 공주. 춘마곡春麻谷 추갑사秋甲寺라 했으니 그간 미뤄두고 가보지 못한 마곡사로 길을 나섰다.

법당에 들려 삼배를 하고 나오니 '솔바람 명상길'이라는 안내판이 보였다. 제주 올레길을 시작으로 전국에 무슨무슨 길이 유행처럼 번지고 있는데, 이곳에도 어김없이 그런 길이 생긴 모양이다. 마곡사의 솔바람 길은 한때 이곳에서 머리를 깎고 스님 생활을 했던 백범 김구(1876~1949) 선생이 거닐던 소나무 숲길을 일컫는 말이었다.

백범 선생은 나라에 대한 애국은 물론이거니와 부모님에 대한 효성도 지극했다. 선생의 아버지는 어릴 적 할머니께서 돌아가실 때 왼손 약손가락을 칼로 잘라서 할머니의 입에 피를 흘려 넣었고 그 덕분인지 사흘을 더 사셨다고 한다. 백범은 부친이 했던 것처럼 아버지가 위중하실 적에 같은 생각을 냈던 상황을 《백범일지》에 자세히 적고 있다.

산골의 가난한 집에서 의사를 부르거나 영약을 쓸 처지가 못 되어 나는 예전 할머니께서 돌아가실 때 아버님이 손가락을 자른 것을 생각하고, 나도 손가락을 잘라 일각이라도 아버지의 생명을 붙들어 보리라 했으나, 만약 내가 손가락을 자른다면 어머님이 마음 아파하실 것을 걱정하여 단지斷指 대신에 허벅지 살을 떼어내기를 결심했다.

어머니가 계시지 않을 때를 틈타 허벅지 살 한 점을 베어서 피를 받아 아버지의 입에 흘려 넣고 떼어낸 살은 불에 구워서 약이라 하며 아버지에게 잡수시게 했다. 그래도 별 효과가 없자 양이 적은 듯하여 다시 칼을 들어 살을 베었지만 떼어내자니 몹시 아파서 베어만 놓고 떼지는 못하였다. 손가락이나 허벅지를 베어내는 것은 진정한 효자나 하는 것이지, 나 같은 불효자는 못할 노릇이라고 탄식했다. 그리고는 조객이 와서 조문을 받는데 다리의 고통은 심하고 살을 에는 추위에 다리 살을 베어낸 것을 후회하는 생각마저 났다.

참으로 스스럼없이 솔직한 회상이다. 자신을 스스로 불효자라 칭하고는 있지만, 그런 생각을 냈다는 것이 어디 보통 사람들이 할 만한 일이겠는가. 또한, 자신을 따라다니며 남의 집 부엌일이나 바느질을 하면서 번 돈으로 옥바라지했던 어머니를 생각하며 다음과 같이 애틋한 마음을 표현했다.

옛사람이 '부모님께서 나를 낳으시고 기르신 고생하심이 커서 그 은혜에 보답하고자 하나 하늘처럼 높아 다할 길 없어 슬프구나哀哀父母 生我劬勞 欲報深恩 昊天罔極'라 한 것을 다시금 생각하지 아니할 수 없었다. 어머니께서는 나

를 먹여 살리시느라고 천겹만겹의 고생을 하셨다. 불경에 부모와 자식 천천
생의 은애의 인연이란 말이 실로 허사가 아니었다.

그래서였을까? 탈옥 후 방랑생활을 하다가 도착한 마곡사에서 스님
생활을 하던 선생은 어버이에 대한 그리움으로 육 개월 만에 마곡사를
떠난다. 얼마 후에 혜정 스님을 만나고, 스님을 통해 소식을 접한 부모
를 만나서 평양 대보산의 영천암이란 절에서 함께 생활한다. 마곡사에
서는 은사 스님의 가르침에 혹독한 절 생활을 했지만, 영천암에서는
양친을 위해 승복 입은 채로 고기를 구워 먹는 일도 스스럼없이 했다
고 한다. 그러다가 아버지가 머리 깎는 것을 원치 않았기에 다시 상투
를 짜고 의관을 갖춰 부모님을 모시고 고향으로 돌아간다.

어머니와 솔바람 명상길을 걸었다. 잰걸음으로 앞서 가는 어머니를
바라보며 생각했다. 깨달음을 얻기 위해 끊임없이 정진했던 경허 스님
도, 나라를 위해 큰일 하신 김구 선생도, 그 뜻을 이루기 위해 애쓰는
와중에도 부모를 위한 마음이 그리 컸는데, 지금의 나는 무엇을 하고
있단 말인가. ▨

효매를 드리고 싶었지만
얻어온 것은 자매慈梅

펑펑 쏟아지는 함박눈도, 살을 에는 찬 기운도, 매서운 칼바람도 구경하기 힘든 겨울이지만 겨우내 집 밖을 나서지 않았다. 어머니는 몇 년 전까지는 아무리 추운 날씨라 해도 내가 어딘가로 촬영갈 일이 생기면 늘 함께 가는 것을 좋아했다. 그러나 언젠가부터 잠시만 밖을 돌아다녀도 얼굴이 발그레해지며 피부가 트고 쉬 피곤해하셨다. 그 모습을 본 뒤로 어지간해서는 집을 나서지 않고 있다. 빨리 겨울이 지나가기만을 기다릴 뿐이다.

옛사람들도 마찬가지였다. 바깥나들이를 하지 못하고 집에만 있으니 오죽 답답했겠는가. 마땅히 할 일이 없었던 그들은 추위도 참으며 무료한 시간을 보내기 위해 소한도消寒圖 놀이를 했다고 한다. '뜰 앞에 긴 가지를 드리운 수양버들이 봄바람이 불어오기를 진중하게 기다린다.'는 '정전수유진중대춘풍庭前垂柳珍重待春風' 모두 81획의 글자를 하루에 한 획씩 쓰는가 하면, 꽃잎이 아홉 개인 매화꽃 아홉 송이를 하루에 한 잎씩 그려 나가면서 봄이 오기를 기다렸다고 한다. 동짓날로부터 81일이 되면 추위가 풀리고 매화꽃이 피어나니 그제야 비로소 봄이 다가온다고 여겼다.

매화에 대한 다른 이야기도 전해진다. 청나라 때 강희제의 명에 의해 편찬된 언감유함淵鑑類函에는 다음과 같은 내용이 있다.

옛날에 용광한龍廣寒이란 사람이 지극한 효성으로 어머니를 섬겼다. 6월 1일에 어머니의 수연壽筵을 베풀면서 북창北窓을 열고 축수祝壽하는 술잔을 올리려고 하자, 홀연히 매화 가지 하나가 창 안으로 들어왔는데, 향기가 아주 좋았다. 이에 사람들이 이를 '효매'라고 칭하였으며, 사대부들이 각자 시를 지어서 선사하였다.

매화가 필 무렵 맞이하는 어머니의 생신이건만, 나는 용광한처럼 수연을 베풀지도 못하고 환갑, 고희를 그냥 지나친 지 오래다. 게다가 십

살며 생각하며

층이나 되는 아파트 창으로 효매는커녕 그 짙은 매화향조차 들어올 리만무하다. 천상 매화를 찾아 나설 수밖에.

경남 산청으로 향했다. 나라 안에서 가장 오래됐다고 하는 단속사 터의 정당매가 그곳에 있다. 정당매는 조선 시대 통정通亭 강회백姜淮伯(1357~1402)이 처음 심었으나 백여 년 넘게 살다가 죽었고, 통정의 증손인 강용후가 새 뿌리를 옮겨 심은 것이 오늘에 이른다고 한다. 후에 통정이 오른 정당문학政堂文學이라는 벼슬 이름을 따서 '정당매'라 부르기 시작했다고 한다.

순천 선암사의 매화 또한 그만큼 오래됐지만 고고한 기품이 덜하고, 금둔사의 홍매, 청매, 백매는 서로 어우러진 그 모습이 화려하지만 쉽게 질리곤 한다. 그에 반해 정당매는, 크지는 않지만 그 앞에 서면 마치 마을 어귀에 자리 잡은 수백 년 된 느티나무 앞에서 저절로 숙연해지듯, 말 못할 위엄이 있다. 붓글씨를 휘갈기듯 휘어진 가지는 힘 있는 자유분방함을 보여주기도 하고, 높지 않은 키는 친근감을 주며, 몽우리 진 매화의 고운 색은 그 깊이가 남다르다. 때문에 단속사 터에 가면 석탑과 당간지주, 주춧돌은 안중에도 없고 늘 정당매와 몇 시간을 보내다 오게 된다. 수백 년이 지나도록 매년 어김없이 꽃을 피워왔던 정당매를 바라보며 세월이 흘러도 변함없는 어머니의 사랑을 느꼈었다. 하지만 이젠 더 이상 볼 수 없다. 재작년 겨울, 오랜 세월을 버텨왔던 정당매가 적멸寂滅에 들었으니, 어머니 품안의 그윽한 향기와도 같은

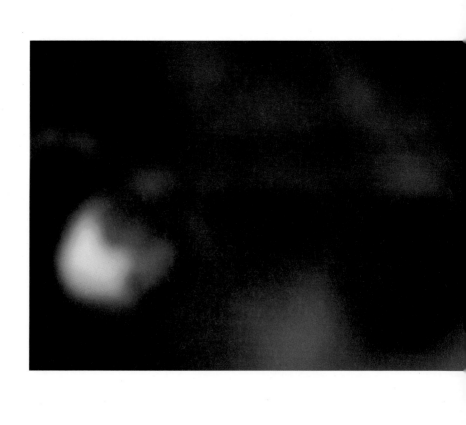

산청 단속사 터의 정당매.
봄이 왔는지 확인하려는 듯 암술이 먼저 고개를 빼끔 내밀고 있다.
겹겹이 쌓인 꽃잎은 갓난아이를 포대기로 둘러 싸맨
어미의 품처럼 포근해 보이고,
암술은 어머니 등짝에서 어깨너머 세상 구경을 하려고
고개 내민 어린 아기의 모습 같다.

매화향을 더 이상 맡아볼 수 없음이 안타까울 뿐이다.

근처에 자리 잡은 남명南冥 조식曺植(1501~1572) 선생의 산천재에서 남명매를 보고 나와 광양으로 향했다. 광양은 이미 몇 해 전부터 매화 구경을 하기 위해 찾는 이들이 많아진 곳이다. 매실 농원을 운영하는 이가 매화가 필 무렵 농원을 개방하는데, 규모가 크고 밑으로 섬진강이 바라보여 경치가 아주 좋다.

매실은 우리 집에서 비상약으로 쓰는 과실이다. 해마다 여름이 다가오면 매실을 사다가 원액을 우려내고 일부는 잼으로 만들어 놓는다. 그리고 한 해 동안 속이 불편할 때마다 약으로 사용한다. 어렸을 때는 체하면 손가락을 따고 등을 두드리는 것만으로 나았고, 배탈이 났을 경우에는 매실 잼 두 숟가락만 먹으면 대여섯 시간 후에 씻은 듯이 나았다. 어려서 배가 아플 때는 어머니 손이 약손이라며 배를 문질러 주시면 낫기도 했는데, 어머니가 몇 시간 동안 쉼 없이 저으며 정성스레 만든 잼이니 약손과 다를 바가 없을 것이다. 때문에 객지에서 팔 년여 동안 자취생활을 하면서도 늘 냉장고 한쪽 구석에는 매실 잼이 자리 잡고 있었다. 며칠 동안 촬영 나갈 때도 자그마한 통에 넣어 다니며 조금이라도 이상한 음식을 먹으면 곧바로 매실 잼을 먹었으니, 덕분에 배탈 걱정은 하지 않고 살고 있다.

유명세를 톡톡히 치르는 곳이라 평일인데도 관광객이 북적여 그나마 조금 한적한 매화나무 아래를 찾아 잠시 거닐다 왔다.

"야야, 인제 그만 가자. 아까 몇백 년 된 진짜배기 매화를 봤는데 여기 더 있어봤자 뭐하냐?"

수년째 매화 구경을 하러 다녔지만, 오늘은 달리 보였다. 용광한의 효매를 드리려 매화 구경을 나선 길에서 되레 내가 매화 선물을 받고 가는 기분이었다. 아직도 어머니가 만들어주신 매실로 건강을 챙기고 있으니 말이다. 매화꽃 활짝 핀 봄날, 나무 아래 서 있는 어머니의 모습을 바라보며 이제는 매화나무를 어머니의 자애로운 사랑이 묻어나는 자매慈梅라 부르기로 했다. ☑

글자의 획이 떨렸지 않습니까

감포 대왕암

서울에 살 때는 63빌딩과 남산에 간 적이 없었다. 한강 유람선을 타보지도 못했고, 관악산 자락에 십오 년을 살면서도 연주대에 한번 오르지 않았다. 언제나 갈 수 있는 곳이기에 늘 나중을 기약하지만 그런 날은 쉽사리 오지 않는다. 그 자리를 떠난 후에야 비로소 아쉬움이 찾아들고, 결국 그제야 먼 거리를 마다치 않고 찾게 되는 경우가 허다하다. 나중이 되면 늘 더 많은 시간과 노력이 들지만 어쩐 일인지 곁에 있을 땐 쉽게 마음을 내지 못한다.

경주도 그랬다. 큰아버지를 비롯한 일가친척들이 많이 계신 까닭에 어릴 때엔 방학이 되면 한 번씩 찾았지만 그땐 경주가 어떤 곳인지 몰랐다. 그뿐 아니라 한 시간 거리인 부산에서 십 년 가까이 살면서도 제사 때가 아니면 경주를 잘 찾지 않았다. 수원으로 이사 오고 나서야 그때 좀 더 경주를 찬찬히 둘러볼 것을 하는 아쉬움이 생겼지만 이미 늦은 것이다. 사람과의 관계 또한 다르지 않아 시간이 흐른 뒤에야 비로소 깨닫게 되니, 특히 부모 자식 간이 그렇다.

수십 번도 더 간 경주에서 빼먹지 않고 들르는 곳은 분황사 터와 경주 남산 그리고 감은사 터와 대왕암이다. 이른 아침 해돋이를 보기 위해 대왕암을 찾거나, 기품 있고 웅장한 석탑의 아름다움을 감상하기 위해 감은사 터를 찾는다지만, 내가 그곳을 찾는 이유는 다르다.

익히 알려졌다시피 삼국유사에 보면, 문무왕은 평소 죽은 뒤에도 나라를 지키는 큰 용이 되겠다는 말을 했다고 한다. 그 유언에 따라 왕이 죽고 나서 동해 가운데 있는 큰 바위 위에 장사를 지냈다고 하니 대왕암이 바로 그곳이다.

얼핏 들으면 그만큼 나라를 사랑하는 마음이 대단했던 왕이라고 생각되는데, 대학 때 함께 곡차를 자주 마셨던 시인 고운기 형은 이렇게 해석한다. '결국 자기 뒤를 이어 왕위를 물려받을 아들에 대한 마음 씀씀이가 아니었을까?' 라고.

삼국을 통일하고 이십여 년 동안 왕위에 있으면서 당나라와의 투쟁을 멈추지 않았던 문무왕은 한시도 편할 날이 없었을 것이다. 마침내 고질병이 생겼고 정무에 애쓰다 보니 더욱 깊은 병에 걸리고 말았다고 한다. 아마도 자식의 짐을 조금이나마 덜어주려는 아비의 마음으로, 죽어서도 자신이 나라를 지키겠다고 한 것은 아닐까. 또한 왕위를 물려받은 신문왕은 아버지가 왜병을 무찌르기 위해 짓기 시작한 감은사를 완성하면서, 금당 아래에 동쪽으로 구멍 하나를 뚫어 용이 절에 들어와 돌아다닐 수 있도록 했다고 한다.

　　자식을 생각하는 부모의 마음과, 부모를 생각하는 자식의 마음이 드러나는 참으로 아름다운 이야기가 아닐 수 없다. 감포 앞바다의 대왕암과 근처의 감은사 터를 들르면 이렇듯 애틋한 아버지와 아들의 이야기가 떠오른다.

　　대구 이모 댁에서 하룻밤을 자고 이른 새벽 경주로 향했다. 날씨는 잔뜩 찌푸려 별빛 하나 보이지 않았다. 해 뜨는 것도 못 볼 텐데 뭐하러 새벽같이 나가냐는 어머니의 말씀을 듣는 둥 마는 둥 차를 달렸다. 경주에 다다르니 동이 트기 시작했고, 덕동호를 지날 무렵 하늘빛이 서서히 달아올랐다. 이윽고 다다른 감포 앞바다에서 어머니와 함께 대왕암 너머로 뜨는 해를 바라봤다.

　　평소 같으면 바닷가에서 치성드리는 사람들이 신기하다며 사진기를 들이댔을 어머니가 웬일인지 차 안에서 꼼짝하지도 않았다. 갑자기 추워진 날씨에 바람까지 세찼으니 그런가 보다 생각하며 감포를 벗어났다. 골굴암과 기림사를 지나쳐 다다른 오어사는 단풍이 예전만 못했다. 끄느름한 하늘은 구름으로 뒤덮여 좀체 열릴 기미가 보이지 않았다. 해가 다시 모습을 드러내기를 기대하며 오어사를 둘러보고 있는데 어머니는 계속 차 안에만 계셨다. 그제야 알았다. 어머니의 몸이 편치 않았던 것이다. 집을 나와 경상도 일대를 돌아다닌 지 일주일 째, 몸살이 단단히 났는데 미처 알아채지 못했다. 서둘러 경주 시내의 병원으로 가서 주사를 맞고 약을 지어 큰아버지 댁으로 향했다. 어머니가 잠든 모습을 보고 집을 나서 분황사로 향했는데 전화가 왔다.

"오늘 날씨 때문에 신경질 나서 죽겠다. 오어사 갔을 때 해가 안 나서 왔더니만 여기 오니까 날씨가 개네. 지금이라도 오어사 가야 안 되나? 이 먼 곳까지 또 어떻게 오겠냐. 지금이라도 마 가자."

어머니는 당신 몸 아픈 것은 생각지도 않고 혹시 그 때문에 내가 일을 못 하게 될까 더 걱정이었나 보다. 그냥 됐다고, 경주까지 왔으니 한번 가 보려 했던 것이지 오어사에 꼭 갈 필요는 없다고 했다. 오늘은 아무 생각 말고 쉬자고 했다.

전화를 끊고 나서 분황사를 나와 황룡사 터를 거닐었다. 아침 대왕암에서의 여명과 같이 노을이 화려했다. 해가 다 지고 나서도 한참을 머물다가 옛이야기 하나가 떠올랐다.

조선시대 정관일鄭寬一이란 사람은 태어나면서부터 성품이 매우 착해 부모를 지극히 사랑했다고 한다. 그의 아버지는 멀리 장사를 나가 있었는데 어느 날 집에 안부 편지를 한 통 보냈다. 편지에는 편안히 잘 있다고 적혀 있었으나 정관일은 그 편지를 품에 안고 울었다고 한다. 어머니가 이상하게 여겨 까닭을 물으니,

"아버지께서 병을 앓고 계신가 봅니다. 글자의 획이 떨렸지 않습니까?"

나중에 아버지가 돌아왔을 때 물어보니 그때 병이 위독했다고 했다.

생각해보니 어젯밤부터 어머니는 기운이 없었던 것 같다. 나는 왜 그것을 진즉에 알아채지 못했을까? ▨

떨어지고 나면 이미 늦은 것을

강진 백련사 동백숲

세상 모든 것들이 숨죽이며 봄날을 준비하는 겨울, 날마다 새로운 생명이 싹트고 지기를 반복하는 곳이 있으니 그곳은 바로 강진의 백련사 동백숲이다. 겨우내 매일매일 빨간 동백꽃이 피고 지며 꿀 따러 찾아온 동박새가 종일 지저귀니, 그곳에 들어서면 잠시 겨울을 잊는다.

부모 마음이 그런 것 아닐까? 때때로 한겨울처럼 무관심하고 고요하게 보이는 모습이, 실은 겉으로 드러나지 않아서일 뿐 속마음까지야 그렇겠는가. 자식이 알아주지 않아도 부모의 애정은 결코 멈추지 않는

봄이 다가올 무렵, 강진 지역에는 안개가 자주 낀다.
백련사 가는 길에 만나는 덕동마을은 특히나 안개가 자욱하다.
짙은 안개 숲을 지나야 비로소 백련사 동백숲을 만날 수 있으니.
대개의 세상살이도 이와 같지 않을까.

법이다. 한때 백련사 동백숲을 매년 거닐었던 이유는, 잊고 지냈던 부모의 마음을 한 번씩 헤아리며 살아 숨 쉬는 겨울 속의 봄을 보고픈 마음 때문이었다.

게다가 백련사의 동백숲은 지난 2003년 서암 스님(1917~2003)의 입적入寂 소식을 들은 곳이라 더더욱 애틋한 곳이다. 비록 두 번밖에 뵌 적 없지만, 내게 준 그 잔잔한 미소를 잊지 못하고 지금껏 스님을 그리워하고 있다. 이젠 만날 수 없기에 스님의 흔적이라도 찾을 요량이면, 스님의 다비茶毘가 행해졌던 문경의 봉암사를 찾아야 한다. 그렇지만 그곳은 일 년에 한 번 부처님 오신 날에만 일반인들에게 산문山門을 개방하니 쉽게 갈 수 없다. 때문에 스님이 보고플 때면 백련사 동백숲을 찾게 된다. '그렇게 살다가 그렇게 가노라.' 했던 서암 스님의 말씀을 되새기며 한적한 숲을 거닐다 온다.

하늘 한 뼘 보이지 않는 울창한 그곳에 들어서면 세상 모든 소리가 들리지 않고 적막만이 감돈다. 이름 모를 부도를 돌아보고 이내 한 자리 펴고 앉으면 잠시나마 번잡한 세상일을 잊을 수 있으니, 도스르기에는 더없이 좋은 곳이다. 서암 스님의 입적 소식을 들어서일까? 유독 그곳에 머물면 삶과 죽음에 대한 생각을 많이 하게 된다. 물론 어떤 답도 내리지 못하고 늘 시간만 보내고 오기는 하지만, 살면서 잠시라도 생각에 잠길 수 있는 그곳이 더없이 고마울 뿐이다. 고요한 그곳에서 잠시 삿된 망상이 떠오르면 동백꽃 한 송이가 툭 하고 떨어지며 마치 죽비를 내리치는 것 같고, 그마저도 익숙해지면 이따금 동박새가 시끄럽게 짖어대며 할喝을 하니, 피고 지는 동백꽃처럼 생각도 들었다 놓았다를 반복한다.

혼자이면 더없이 좋은 그곳이지만 둘이라 해서 나쁠 것도 없다. 어머니를 모시고 동백숲으로 향했다. 그러나 먼 길을 달려 두 차례나 찾았건만 백련사의 동백은 쉽게 그 모습을 보여주지 않았다. 바람이 불지 않아서, 비가 세차게 내리지 않아서 꽃이 덜 떨어진 탓도 있었지만, 예년에 비해 턱없이 맺히지 않았다. 온전히 한 송이 꽃 모양을 그대로 간직한 채 떨어져 마치 땅에서 피어나듯 하는 동백을 보기란 쉽지 않았다.

또 한 해가 지났다. 어머니와 이곳을 찾은 것도 벌써 두 번, 이젠 이 멀리까지 동백꽃을 보러 가자고 말하기도 민망할 지경이다. 차비만 해도 얼마인데 그 정도 동백꽃을 봤으면 되지 않았냐 하니 나 또한 이제는 그만둘까도 싶었다. 그러나 어느 봄날, 강진 지역에 하루에 백 밀리미터가 넘는 많은 비가 내렸고 바람도 초속 십오 미터가 넘는 강풍이 온종일 불고 있다는 소식을 접하자 백련사 동백숲이 눈에 아른거렸다. 그 유혹을 참지 못하고 새벽에 혼자 길을 나섰다. 강진 읍내를 지나치니 소소리바람이 불며 약하게 눈발이 날리기 시작했고 서둘러 숲으로 향하자 동백꽃이 보기 좋게 떨어져 있었다.

아, 아마도 이런 날은 다시 만나기 힘들 성싶다. 수많은 동백꽃이 온 땅을 덮었다. 성임成任(1421~1484)의 시에 '찬 바람 찬 눈 속에 꽃이 피니, 절 문 동쪽에는 숲이 짙게 붉어라. 사시에 봄빛을 홀로 차지하였으니, 조물주도 여기서는 공평치 못하구나.'라고 한 것이 결코 과장된 말이 아니었다. 꽃 사이에서 이따금 지저귀는 동박새 울음을 풍경소리 삼아 티끌만 한 세상 근심도 떨쳐버린 그곳. 사람의 인기척을 느끼고 백련사의 검둥개가 잠시 와서 내 주위를 몇 바퀴 돌다가 갔을 뿐, 두어 시간 남짓 아무도 없는 동백숲을 한가로이 거닐었다.

동백은 두 가지 상반된 의미를 가지고 있다. 다른 꽃들처럼 한 잎 두 잎 떨어지는 것이 아니라 송이째 툭 하고 떨어지기에 불길함을 상징하기도 하고, 반면에 오래 살며 일 년 내내 푸른 잎을 보여주니 장수와 번영을 상징하는 길한 나무로 여겨지기도 한다.

멀리서 숲 속을 가득 메운 동백꽃을 바라보다가 가까이 다가가 가만 살펴봤다. 어제 내린 비바람에 떨어졌으니 고작 하루가 지났을 뿐인데 시들고 볼품없는 것들이 많았다. 그랬다. 이미 가지에서 떨어진 꽃은 그 생명을 다한 것이다. 땅에 떨어지고 나서도 그대로 싱싱하게 살아 있기를 바란 건 나의 부질없는 욕심이었다.

시든 동백꽃 한 송이를 집어 한참을 바라봤다. 어머니의 아름다운 시절도 혹시 벌써 가지에서 떨어진 건 아닐까. 몇 해 전, 호적상의 생일이 잘못되어 몇 달을 손해 봤다면서 이제 조금만 지나면 경로 우대를 받을 수 있으니 빨리 시간이 지났으면 좋겠다고 말하던 어머니가 생각났다. 사회에서 인정하는 노인의 위치에 서는 그 순간이 행여 가지에서 떨어진 동백꽃처럼 되지는 않을까 걱정스럽다. 지하철을 공짜로 탈 수 없어도, 관광지에 가서 할인을 못 받더라도, 가지 위에 매달린 동백처럼 어머니의 봄날이 계속됐으면 좋겠다. 몇백 년을 사는 동백나무처럼 오래오래, 사계절 변치 않는 푸르름을 간직하는 동백잎처럼 싱싱하게, 어머니의 건강이 변치 않았으면…. 🍂

대지 위의 연화초

대학을 갓 졸업하고 나서 난생처음으로 진도에 갔다. 마침 아는 선배가 촬영을 간다고 해서 몇몇 후배들과 함께 따라나선 것이다. 대학 생활 내내 좀체 자연과 벗 삼아 지낼 기회가 없었는데, 선배 덕에 남도의 봄 구경을 실컷 할 수 있었다. 벌써 이십 년도 지난 추억이지만, 해 진 뒤 들판 위로 떠오른 엄청나게 큰 바알간 보름달과 하늘 높이 솟아 저수지에 비쳐 살랑이던 달빛은 아직도 눈에 선하다.

며칠간의 일정을 마치고 돌아오는 길에 논둑에 핀 보랏빛 꽃이 모두의 눈길을 끌었다. 선배는 자신만의 느낌으로 꽃 이름을 지어 부르기를 즐겼는데, 그 꽃을 논두렁꽃이라 불렀다. 오는 내내 살펴보니 대개가 논둑길에 보기 좋게 피어 있었다.

그 후로 십여 년의 세월이 흘렀다. 어머니와 나주 철천리에 있는 미륵사를 가는데 절 입구 논둑에서 그 꽃을 다시 만났다. 그동안 직장생활 하느라 돌아다닐 수도 없었고, 도심에서는 쉽게 볼 수 없는 꽃이기에 옛 생각이 떠올라 반가웠다.

"야야, 이게 무슨 꽃인 줄 아나?"

"음…, 그게 논두렁 꽃이라 하던데?"

"너도 참, 그런 꽃 이름이 어딨냐?"

마침 지나가던 마을 사람에게 물어보니 그이는 그 꽃을 자운영이라 했다. 어머니는 난생처음 보는 꽃이라며 논둑에 핀 꽃 몇 송이를 캐왔다. 부산으로 돌아와 집 주변 마당에 심었는데, 얼마 있지 않아 수원으로 이사를 오게 돼서 자운영이 피었는지 어떻게 됐는지는 모르겠다. 그러나 역시 자운영은 구불구불한 논두렁에 피어있는 모습이 제격이다.

어머니와 함께 강진의 동백을 시작으로 산청 매화, 구례 산수유, 여수와 달성의 진달래, 남해와 화순의 벚꽃, 영덕 복사꽃을 보고 나니 한바탕 꽃구경은 끝난 듯했다. 그러나 나무에 매달려 보기 좋은 꽃만 예

쁜 건 아니다. 한데 모여 군락을 이루는 꽃만 아름다운 것은 아니다. 남도의 시골 마을을 다니다 보면 늘 주변에 있기에 그 존재를 쉽게 지나쳤던 자운영. 그저 한낱 잡초처럼 보이기만 했던 자운영은 오월을 알리는 화사한 봄꽃이었다. 멀리서 바라보면 길을 따라 무리 지어 핀 그 모습이 예쁘고, 가까이서 쪼그리고 앉아 바라봐도 특이한 생김새 또한 보기 좋은 꽃이다.

자운영은 예전부터 어린 순은 나물로, 꽃이 피고 나서 잎과 줄기는 비료로 사용하던 꽃이었다고 한다. 창녕이 고향인 한 선배는 어릴 적에 자운영을 많이 봤다고 했다. 그러나 화학 비료가 생산되고 그것을 많이 쓰다 보니 점차 그 모습을 감추기 시작했고, 논두렁에 자생했던 것들만 조금씩 볼 수 있었다고 한다.

그렇게 홀대받던 자운영이 얼마 전부터 다시 주목받고 있다. 유기물이 풍부해 다른 비료를 주지 않아도 되기에 친환경 농법이 유행하는 요즈음 이젠 일부러 논밭에 심는 꽃이 됐다. 게다가 자줏빛 고운 색까지, 좋아하지 않을 수 없는 꽃이다.

마침 전라도 지방을 지나다 순천에서 하룻밤을 머물게 됐다. 순천에 가면 선암사나 송광사, 낙안읍성과 금둔사 그리고 여수에 들르는 것이 대부분이었다. 그 중간에 있는 광양의 성불사나 중흥사, 옥룡사 터는 늘 다음에 가야지 하며 뒷전이었다. 오늘은 안 가 본 절에 들르자며 성불사에 가는데 마을 주변에 생각지도 않은 자운영이 한창이었다. 희미한 박명薄明 속에 도착한 성불사. 그러나 잠시 후에는 해가 뜨고 서서히 마을에 볕이 들 것이니 막 아침볕을 받은 자운영이 생각나서 절에는 오래 머물 수가 없었다. 서둘러 둘러보고 내려와 마을 곳곳에 피어난 자운영을 바라봤다.

자운영은 연화초라고도 불린다. 가까이 다가가 바라보니 연꽃을 닮은 모습이 부처님이 앉아계신 연화대로 보이기도 한다. 마치 논과 밭을, 온 세상을 떠받치고 있는 듯했다. 고운 색으로 즐거움을 주고, 때로는 인간들의 식량이 되기도 하며, 거름이 되어 곡물을 살찌우기도 하는 자운영. 살아서도 죽어서도 변함없이 인간을 유익하게 하니 어머니의 한없는 사랑과 다를 바 없겠다. 자운영의 꽃말은 '관대한 사랑'이라고 하니 참으로 어울리는 꽃말이다.

자운영처럼 그저 거기 있음을 당연하게 여겨 소홀하게 대하다가 나중에야 소중함을 깨닫는 경우가 왕왕 있는데, 늘 곁에 있는 부모 또한 그럴 것이다.

이제는 관광객들을 위한 볼거리로도 자운영을 심는 곳이 많아져서 전보다 쉽게 볼 수 있기는 하다. 그러나 예전에 구불구불한 논두렁에 피어 있던 내 마음의 자운영은 보기가 힘들어졌으니 그리움만 더 쌓일 뿐이다. 내 주변의 가까운 사람들도 마찬가지가 아닐까. ♡

서로 만나지 못하는 것이
어디 꽃무릇뿐이겠는가

영광 불갑사

"어머, 어머, 이게 이렇게 피는구나."

어머니는 본 적이 있다고 하며 꽃무릇을 동설란이라 불렀다.

"야야, 이런 게 있으면 진즉 얘기해 줬어야지. 성지순례 다니면서 선운
사나 불갑사는 요럴 때 와야 이렇게 좋은 구경 하는 것을. 그렇잖아도
지난번에 와서 잎만 있을 때 저게 꽃이 피면 어떨까 생각했는데, 마침
맞게 왔네. 딱 요때 봐야 하네."

두 해가 지나고 다시 불갑사를 찾았다. 한동안 집에만 있어 몸도 근질근질했고 어머니가 그리도 좋아하시는 꽃이니 오랜만에 구경이나 하자며 길을 나섰는데, 대부분의 꽃무릇이 이미 시들어 있었다. 게다가 비가 오지 않은 탓에 작년, 재작년만큼 그 색이 곱지도 않았다. 혹시나 하는 기대에 법당 옆으로 가 봤는데 배롱나무꽃도 이미 때가 늦었다. 절 입구의 것들은 아직 조금은 남아 있었는데 아쉽게도 제일 큰 나무의 꽃은 벌써 지고 앙상한 가지만 남은 것이다. 무려 석 달, 백일 동안이나 꽃을 피우는 배롱나무. 그러나 늘 꽃무릇을 보기 위해서만 불갑사를 찾다 보니 피어 있는 배롱나무꽃은 본 적이 없다.

유월 즈음에 피는 상사화라는 꽃이 있다. 잎이 있을 때는 꽃이 없고 꽃이 필 때는 잎이 없어서, 잎은 꽃을 생각하고 꽃은 잎을 그리워한다 하여 상사화라는 이름이 붙었다고 한다. 꽃무릇은 상사화와는 다른 꽃이지만 잎과 꽃이 서로 만나지 못하는 것은 같기에, 흔히 '이루어지지 못하는 사랑'이라는 의미를 담고 있다. 가을이면 고창 선운사, 영광 불갑사, 함평 용천사 일대의 산에 많이 피어나고 지역에서도 꽃축제를 열기에 이젠 사람들에게도 널리 알려졌다.

꽃무릇을 한참을 바라봤다. 나도 어머니도 이 꽃을 좋아하는 것은 어쩌면 우리의 처지와 비슷하기 때문은 아닐까. 한 줄기에서 자라지만 꽃이 지면 잎이 나니, 잎과 꽃이 서로 만나지 못하고 보고 싶어도 서로 함께할 수 없다. 나도 어머니도 행복하게 살고 싶은 마음은 같을 텐데, 그 길에 이르고자 찾는 길이 서로 다르니 함께하지 못한다. 이젠 어지 간히 포기할 만도 한데 늘 어디든 직장이라도 다니라 하고, 나는 나대 로 일 년만 더 참아달라며 내 일만 고집하니 말이다. 꽃무릇이 열매를 맺지 못하듯 나 또한 아직 이렇다 할 결실을 보이지 못하고 있으니 더 더욱 그렇다. 서로 말 못할 애잔함을 안고 살지만 그래도 한 집에서 함 께하고 있으니 그것만으로도 다행이라 여겨야 하는 걸까?

불갑사에서 나와 용천사를 둘러보고 내려오는 길에, 멀리서 사진 찍 던 어머니가 내게 빨리 오라며 손짓한다. 가보니 고목 그루터기에 꽃 무릇이 꽂혀 있었다. 내게 신기하지 않냐며 너도 빨리 찍으라고 하시 는데 아무래도 좀 어색해서 자세히 살펴보니 누군가가 꽃무릇을 꺾어 그곳에 올려놓은 모양이다. 나라 곳곳을 다니다 보면 한 번씩 보게 되 는, 사진을 취미로 하는 사람들이 많아지면서 생겨난 도무지 이해할 수 없는 광경이다.

이른 아침 이곳을 오르며 꽃무릇을 봤을 때 한집에 살고는 있지만 서로 함께할 수 없는 어머니와 나를 생각했다. 그런데 몰상식한 인간 들이 그 보금자리마저 뜯어냈으니, 이젠 꽃에게서 서로를 그리워할 마 지막 애틋한 마음까지도 빼앗아 가버린 셈이다. ▽

살며 생각하며

아이구, 고맙습니다

🔾 고창 선운사 도솔암 🔾

언젠가 강진 무위사에 갔을 때 강아지 한 마리가 자꾸 따라오기에 먹던 과자를 던져준 적이 있다. 그런데 녀석은 과자를 받아먹고는 내 옆에 있던 자동차에 오줌을 싸고 가는 게 아닌가? 이런 몹쓸 녀석이 있나 하며 은혜도 모르는 녀석이라고 투덜거렸다. 그랬더니 어머니는,

"아야, 놔둬라. 말을 못하니까 먹을 것 줘서 고맙다고 인사하는 거다."

하며 허허허 웃으셨다.

어머니는 늘 그랬다. 매사에 긍정적이며 때때로 일이 잘 풀리지 않

더라도 주저하지 않고 다른 해결 방법을 찾는 데 능숙했다.

　용천사를 벗어나 선운사로 향했다. 설어둠에 초승달이 산 너머에 걸려 있었고, 이미 벼를 벤 논에는 군데군데 불을 놓고 있었다. 선운사 입구의 숙소에서 하룻밤 묵고 아침 일찍 일어나 차밭을 잠시 구경하고 나서 도솔암으로 향했다. 먼저 도솔암 내원궁에 참배한 뒤 어머니는 그곳에서 기도하시라 하고 나는 곧 내려왔다. 워낙에 크기가 큰 마애불인지라 오늘은 맞은편 산에 올라가서 보겠노라는 생각에서였다. 그러나 엉뚱한 곳으로 길을 잘못 접어들어 점점 산속으로 들어가게 됐다. 방향이 아닌 듯했으나 돌아가는 길이 있을 거라 생각하며 계속 올라갔다. 어느 정도 지나자 이게 아니다 싶었지만, 다시 되돌아가기에는 오기가 생겼다. 계속 올라가니 용문굴이 나오고 낙조대 방향을 가리켰다. 시간이 너무 지체돼서 그제야 포기하고 서둘러 내려왔다.

　다시 마애불 앞에 서서 주변을 둘러보니 바로 아래쪽에 철계단이 있었다. 곁에 두고 엉뚱한 곳만 헤매다 온 것이다. 살다 보면 뜻밖에 아주 가까운 곳에 답이 있는 경우가 많은데 오늘도 그랬다. 그럴 때면 나는 어머니와 달리 나 자신의 책임은 뒤로하고 일진이 좋지 않다고 탓한다.

　계단을 올라 맞은편 산에 서서 마애불과 내원궁을 바라보니 법당이

좁아서인지 어머니가 밖에서 경전을 읽고 있었다. 바위에 앉아 바라보다가 단풍이 잘 들면 다시 오겠다 생각하고 내려왔다.

내려와서 어머니를 만나니 어찌 이리 오래 걸렸느냐고 한다. 길을 잘못 접어들었다고 하니,

"너도 참 답답하다. 아니, 바로 밑에 길을 놔두고 왜 딴 데로 가냐? 아까 옆에 있던 보살이 마애불 밑으로 가면 된다 캤는데 어떻게 딴 길로 갈 생각을 하냐? 아마 너가 오늘 정신이 어떻게 됐나 보다."

자꾸 핀잔을 주니 멋쩍기도 해서 그래도 좋은 곳 구경했는데 가보지 않겠느냐고 물었다. 어머니는 시간도 없는데 뭐하러 또 가냐고 하더니만, 드라마 '대장금'을 촬영한 곳이라 했더니 "그래? 그럼 한 번 가봐야지. 여기 말고 오늘 또 갈 데 없지? 야야, 빨리 올라가자."

그렇게 어머니와 다시 산에 올랐다. 용문굴에 도착하자 이렇게 멋지게 생긴 굴은 처음 봤다면서 무척 신기해하셨다.

"내가 대장금은 재방송도 봤는데 이 굴은 기억이 잘 안 나네. 하지만 정말 이름도 잘 지었다. 어쩜 용이 이 위로 이렇게 지나가는 것 같네." 하면서 연신 웃으며 좋아하셨다. 그리고는 '만일 니가 제정신이었다면 방향이 완전히 다른 이 길로 올 일이 없었을 텐데 부처님이 이곳 구경시켜주려고 나를 인도했다.' 하시며 '아이구, 고맙습니다.' 하고 바위에 연거푸 기도를 했다. ♥

살며 생각하며

내 평생 다시 올 수 있겠나

설악산 봉정암

관악산 자락에 살 때 어머니는 한 번씩 연주암까지 등산하는 경우가
있었다. 가을이면 도토리를 주우러 산에 오르기도 하는데, 언젠가 늘
다니던 등산로에서 길을 잃었던 적이 있다. 관악산은 그다지 험준하지
않을뿐더러 길이 여기저기 갈래로 이어져 있기에 여간해서는 길을 잃
기가 쉽지 않다. 그러나 어찌 된 영문인지 그때는 도저히 길을 찾을 수
없었다고 한다. 안개가 짙게 껴 일 미터 앞도 분간할 수 없었다고 하
니, 지금이야 웃으며 이야기하시지만 당시에는 여간 겁이 나는 게 아

니었을 게다.

어머니는 그때 '관세음보살'만을 찾았다고 한다. '관세음보살'을 쉬지 않고 부르다 보니 아주 잠깐 어렴풋이 길이 보였고, 잠시 뒤에 호각소리가 들리고 근처 군부대의 군인이 오더라는 것이다. 부대로 함께 가서 간단한 조사를 마치고 군인의 안내에 따라 돌아올 수 있었다고 한다.

〈관세음보살보문품〉에 보면 '지극한 마음으로 관세음보살의 이름을 부르면 큰불 속에 들어가더라도 불이 그를 태우지 못하며, 물속에 떠내려가더라도 곧 얕은 곳에 닿게 된다. 중생이 보물을 구하려 바다에 갔다가 큰 폭풍이 불어 그 배가 아귀인 나찰들의 나라에 떠내려가게 되었다고 해도, 그 가운데 한 사람이라도 관세음보살의 이름을 부르는 이가 있다면 재난에서 벗어날 수 있다.'고 하며 관세음보살의 위신력을 설명하고 있다.

어찌 보면 허무맹랑한 이야기일 수도 있으나, 나는 '관세음보살'이 한 분의 부처를 지칭하는 게 아니라 사람마다 가지고 있는 그만의 믿음이라고 생각한다. 그 믿음은 살고자 하는 의욕일 수도 있고, 긍정적인 생각이 될 수도 있으며, 때론 자기 자신이나 부모, 자식이 될 수도 있다.

매년 입시 철이 되면 팔공산 갓바위에는 수험생을 둔 전국의 학부모들이 몰린다. 갓바위 부처님의 영험이 있다고는 하지만, 실은 가파른

산길을 오르며 일념으로 관세음보살을 부르면서 자식의 합격을 비는 부모의 그 마음이 통하는 것은 아닐까? 젊은 사람들도 힘겹게 올라가야 하는 설악산 봉정암에 팔십 넘은 노보살들이 예닐곱 시간을 아무렇지 않게 걸어가는 것도 그분들만의 어떤 믿음이 있어서일 것이다.

봉정암 가는 길에 있는 오세암五歲庵은 643년에 창건돼 처음엔 관음암이라 불렀다고 한다. 그런데 이 관음암이 오세암으로 바뀐 것은 조선 시대 설정雪淨 스님과 5세 동자에 얽힌 유명한 설화 때문이다.

설정 스님은 고아가 된 형님의 아들을 이 암자로 데려다 키우고 있었다. 겨울이 막 시작된 어느 날, 스님은 월동 준비를 하기 위해 마을로 내려가야 했는데 혼자 남아 있을 조카를 위해 며칠 먹을 밥을 지어 놓고 신신당부했다고 한다.

"이 밥을 먹고 저 어머니(법당 안의 관세음보살상)를 '관세음보살, 관세음보살'이라고 부르면 잘 보살펴 주실 것이다."라는 말을 하고는 절을 내려갔다. 스님이 장을 본 뒤 올라가려고 하니 폭설로 눈이 쌓여 겨울을 보내고 눈이 녹은 이듬해에 겨우 돌아올 수 있었다고 한다. 도착하자마자 법당으로 달려갔는데 당연히 죽은 줄 알았던 아이가 목탁을 치면서 가늘게 관세음보살을 부르고 있었고, 방안은 훈훈한 기운과 향기가 돌고 있었다고 한다. 아이는 "저 어머니가 밥도 주고 재워주고 같이 놀아줬어요." 하는 것이다.

살며 생각하며

관세음보살의 가피에 감격한 설정 스님은 다섯 살의 동자가 관세음보살의 신력으로 살아난 것을 후세에 길이 전하기 위해 관음암을 중건하고 오세암으로 고쳐 부르게 됐다는 것이다.

어머니는 그런 오세암과 봉정암에 가는 것을 좋아하지만 이젠 기력이 달려 쉽게 마음을 내지 못하고 있었다. 그런데 마침 관음사에서 버스를 전세해 봉정암에 갈 기회가 생겼다. 나는 차라리 둘이 가자고 했으나, 어머니는 약간의 회비만 내면 고생도 안 하고 다녀오니 얼마나 좋으냐며 신청을 했다. 오며 가며 운전해야 하는 아들을 걱정했을 것이다.

봉정암에 가기로 한 며칠 전부터 어머니는 몸살기가 있었다. 전날까지 몸이 회복되지 않아 나는 그제라도 가는 것을 미루자고 했지만, 어머니는 한사코 괜찮다고 하셨다.

"내 평생 봉정암에 다시 가 볼 수나 있겠나? 다섯 번까지만 가고 이제는 안 갈란다. 그러니 걱정하지 말고 가자."

아침이 돼서도 몸이 낫지 않았지만, 여전히 고집을 부리시니 어쩔 수 없었다. 가는 길 내내 비가 보슬보슬 내렸다. 새벽같이 도시락을 싸느라 어머니는 잠도 설치고 피곤했는지 얼마 있지 않아 잠이 들었다.

비가 계속 내려 걱정이었는데 용대리에 도착하니 안개만 자욱했다.

주차장에서 점심을 허둥지둥 먹은 후 순환버스로 갈아타고 백담사에 내려 짐을 정리했다. 어머니는 요 며칠 무릎까지 아파 이번엔 봉정암에는 오르지 않겠다고 했다. 당신은 오세암에 가서 기도드리고 잘 테니 나와 아버지는 봉정암에서 자고 내일 오세암에서 만나자는 것이다. 부모님과 셋이서 함께 다닐 때면 어머니는 쫓기듯 앞서 가고, 아버지는 늘 여유롭게 느럭느럭하며 맨 뒤에 오신다. 오늘도 마찬가지였다. 오세암으로 갈라지는 삼거리에 어머니가 먼저 도착해 기다리고 있었다. 백담사 구경도 아직 다 안 끝냈는지 아무리 기다려도 아버지는 오지 않았다.

어머니의 배낭에서 오이 하나를 꺼내 나눠 먹으며 오세암으로 안 가고 왜 여기 있냐 했더니 갑자기 어머니가 봉정암에 가겠다고 하셨다. 아침까진 다리가 아팠는데 여기까지 걸어오니 괜찮아졌다며 함께 가자는 것이다.

나는 안다. 다리 아픈 어머니가 왜 그러시는지를. 마실 물과 먹을 것은 아버지의 배낭에 다 들어 있었으니 봉정암까지 혼자서 올라갈 내 걱정을 했던 것이다. 그걸 알고 만류했지만 이미 어머니가 그렇게 마음먹은 것을 어쩔 도리가 없었다. 지난번 네 번째로 봉정에 올랐을 때 몸이 안 좋아 고생을 많이 하신 모양인지 이번엔 가지 않겠다고 하셨는데, 굳이 고집을 꺾지 않으시니 어쩌겠는가. 중간중간 부러 사진도 찍으면서 가다 쉬다를 반복해가며 더불어 봉정으로 향했다.

살며 생각하며

깔딱 고개를 지나니 저 멀리 안개가 황홀하게 피어나 마치 구름 위에 앉아 있는 듯했다. 사자 바위에 올라 친구분들과 함께 기념 촬영을 해 드리고 드디어 봉정암에 도착했다.

내가 미안할까 봐 전혀 내색하지 않았지만, 어머니 얼굴이 그리 좋아 보이지 않았다. 되레 평생 봉정암 오르는 것 다섯 번을 채우고 싶었는데 오늘 정말 잘 왔다고, 해가 없이 흐린 날씨여서 걷기에 좋았다고, 게다가 안개 낀 경치까지 장관이었으니 이보다 더 좋은 구경을 또 언제 해보겠느냐며 애써 웃으셨다. 얼굴에는 힘든 기색이 역력한데도 말이다.

아마도 어머니는 속으로 또 이런 생각을 했겠지. '감사합니다. 관세음보살님. 오늘 이렇게 봉정암까지 올라오게 해주셔서.'

힘들게 힘들게 이곳까지 올라오게 한 힘은 바로 자식을 생각하는 마음이었음에도…. ♥

변하지 않는 것

＞ 서산 천장암 ＜

우리 집 욕실에는 언제나 수건이 두 개 걸려 있다. 하나는 아버지와 어머니가 함께 쓰는 것이고 한쪽 곁에 걸려 있는 수건은 내 것이다. 어릴 적엔 눈병이 한 번씩 걸리기도 했는데, 가족이 눈병에 옮는 것을 방지하기 위해 수건을 따로 쓴 기억은 있다. 그러나 지금 수건을 따로 쓰게 된 계기는 지난 2000년에 내가 혹독한 피부병을 앓고 난 뒤부터다. 병이 다 나은 지금까지도 여전히 수건을 따로 쓰고 있다. 그러나 위생적이기는 하지만 왠지 서글퍼진다. 부모님은 내 병이 당신들께 옮는 것

90   살며 생각하며

을 걱정하는 게 아니라, 오히려 나이 먹어 가는 당신들을 통해 내게 나쁜 병을 옮기지 않을까 싶어 그리하는 것을 알기 때문이다. 이 년여 동안 피부 때문에 고통받던 자식이 자칫 사소한 이유로 다시 그런 일에 시달리는 것을 곁에서 보고 있을 수 없기 때문이리라.

비단 수건뿐만이 아니다. 반찬이나 국을 맛볼 때도 내게는 다른 숟가락으로 맛을 보게 하고, 물 한 잔 마실 때도 아버지가 마시던 컵에 물이 남아 있어서 먹으려 하면 당장 뺏어 새 컵에 물을 따라 주신다. 여행을 다닐 때도 마찬가지다. 한 번씩 구멍가게에서 아이스크림을 사 오곤 하는데, 이가 시린 나는 잘 먹지 않지만, 어머니는 다른 시원한 음료보다 달콤한 얼음과자 하나를 더 찾곤 했다. 그러나 그것 한 개가 어머니에게는 적은 양이 아니다. 내가 남은 것을 달라고 하면 절대 주는 법이 없다. 당신이 먹던 것을 어떻게 주느냐며 결국 하나를 다 드신다. 아니면 아예 처음에 내게 건네고 내가 반 정도를 먹고 나면 남은 것을 어머니가 드신다.

어릴 적에는 어머니가 밥을 씹어 내게 건네줬고 모든 음식을 어머니가 먹던 것으로 내가 먹었을 것이다. 세월이 지나고 어머니와 나 사이에 변한 것은 없는데 오직 바뀐 것이라고는 어머니의 행동뿐이다. 같은 숟가락을 쓰지 않고 수건을 따로 쓰며 먹던 것을 나누지 않으려 하기 시작한 것은, 이미 어머니는 당신이 나이를 먹어가고 있다는 것을 안 다음부터였으리라. 그러나 그렇게 행동이 변했다고 마음마저 변했겠는가. 어렸을 적에는 뜨거운 것을 먹고 입을 데지 않을까 하는 걱정과 체하지 않게 하려는 보살핌으로 밥을 씹어 넣어 주는 것이고, 커서는 당신으로 인해 행여나 나쁜 병에 걸리지는 않을까 하는 걱정 때문이니 어찌 어머니가 변했다고 말할 수 있겠는가.

칼바람이 부는 겨울, 천장암으로 향했다. 그리 오래된 사찰도 아니고, 유명한 문화재도 없지만 근현대 선불교의 중흥기를 이끈 경허 스님(1849~1912)이 머물렀던 곳이다. 술과 고기를 먹고, 나병에 걸린 여자를 자신의 처소에 데려다가 며칠 동안 함께 지내기도 하며, 여인을 희롱하다가 몰매를 맞는 등 파격적인 모습을 보인 경허 스님. 스님의 그런 무애행無碍行에 대한 해석은 분분하지만 어느 누구도 스님이 한국 선불교에 끼친 영향을 부정하지는 못한다.

천장암 법당 외벽의 벽화는 다른 사찰의 그것들과는 조금 다르다. 달마대사를 찾아간 신광 스님이 팔을 잘라 법을 구한 내용의 벽화는 피가 뚝뚝 떨어지는 모습이 적나라하고, 스님이 동네 아이들에게 뭇매를 맞거나, 뼈만 남은 석가모니의 고행상을 보면 섬뜩한 느낌이 들 정도다. 한 평 남짓한 방에서 장좌불와長坐不臥하며 혹독한 수행을 했던 경허 스님. 귀에서 잠시라도 손을 떼면 귀가 떨어져 나갈 듯 부는 바람을 맞으며 겨울에 굳이 이곳을 찾는 이유다.

경허 스님에 대한 유명한 일화가 있다. 어머님이 참석한 법회 자리에서 경허는 옷을 벗기 시작했고 어머니는 그 망측한 모습에 세상에 이런 법문이 어디 있느냐며 자리를 떠났다고 한다. 스님은 "내가 아주 어렸을 적에는 이 몸을 발가벗기고 목욕시키며 안고 빨고 하면서 오줌도 누어 주시더니, 이제 와서 왜 그리 못하는 것인가. 저래서야 어찌 어머니라 할 수 있단 말인가? 나는 예부터 변함없이 어머니라 부르는데 어머니는 간 곳 없고 여자 하나 남았구나."

여기서 경허는 덕 높은 스님이고 어머니는 그런 아들에 미치지 못하는 범인凡人으로 비칠 뿐이다. 그러나 출가한 아들 둘과 함께 오랫동안 절 생활을 한 경허 어머니의 마음공부가 고작 그 정도였으리라고 생각지는 않는다.

어머니는 경허가 당신 앞에서 옷을 벗는 순간 이미 아들이 말하고자 하는 법문의 내용을 알아차렸을 것이다. 만약 "아들아, 날씨도 추운데 감기 걸릴라. 이제 그만 옷을 입자."라고 했다면 과연 그 많은 대중에게 전해지는 것은 무엇이겠는가. 만일 그런 대화가 오갔다면 경허의 어머니는 경허를 뛰어넘는 사람으로 비춰지거나, 그것을 시험하려 했던 경허는 평범한 스님으로 여겨졌을지도 모른다. 혹은 경허와 경허 어머니 둘만의 선문답으로 끝났을 수도 있다. 아마도 어머니는 그것까지 미루어 생각하지 않았을까.

경허 스님은 법회가 끝난 후 어머니가 계신 방으로 찾아가 이렇게 말하지 않았을까 싶다. "어머니, 잘하셨어요. 만약 어머니가 아무렇지 않게 계셨으면 제가 할 말이 없잖아요."라고. 그 말을 들은 어머니의 모습이 능히 짐작이 간다. 아들을 바라보며 그저 빙그레 웃는 것 외에 더 이상 무슨 말이 필요하겠는가. 마치 석가모니 부처님과 가섭존자의 염화미소처럼….

어머니의 마음은 변하지 않는다. 다만 그때그때 다른 행동으로 비추어질 뿐이다. ▨

절집에서의 하룻밤

오래전 양산 통도사 극락암에서 하룻밤 잘 때 들었던 새벽의 도량석 소리를 잊을 수가 없다. 모든 만물이 잠들어 있던 그 시각, 자박자박 발걸음 소리와 은은한 목탁 소리. 스님의 청량한 염불 소리에 잠을 깬 나는 옷을 주섬주섬 꺼내 입고 밖으로 나와 법당 앞에 쭈그리고 앉아서 도량석 도는 스님을 한참 동안 바라봤다.

난생처음 절 생활을 경험했던 구례 화엄사에서는 발을 대고 서 있지 못할 만큼 차디찬 법당 마루에서 일주일 내내 예불을 올렸던 기억이 새록새록하다. 영주 부석사에서는 찢어진 창호지 사이로 촛불이 하늘하늘 살랑대는 가운데 듣던 예불 소리에 이끌려 법당에 들어갔다가, 막 시작한 참선 시간에 나오지도 못하고 함께하느라 다리가 저려 혼난 적도 있다. 통도사에서는 밤새 삼천 배를 올린 후에 일주문에서부터 적멸보궁까지 삼보일배를 마저 하고 나서는 다시는 절을 안 하겠다고 다짐도 했으니, 절집에서 밤을 보내면 늘 새로운 경험과 잊지 못할 추억이 생긴다.

지금이야 템플스테이를 하는 곳이 많지만 십여 년 전만 해도 그리 흔하지 않았는데, 부산 근처 기장에 있던 자그마한 암자에서는 특별한 절 체험을 하고 있었다. 누구나 절에 와서 잠을 잘 수는 있지만 그 암자만의 규칙이 있었는데, 한 명도 빠짐없이 가족 모두가 와야 하고 또한 가족 모두가 아침저녁 예불에 참석해야 한다는 조건이었다.

가족 모두가 한방에서 잠을 자는 일이 일 년에 며칠이나 있을까? 가족 모두가 한자리에 모여 서로가 바라는 마음을 간절히 내는 기회는 과연 몇 번이나 갖고 사는가? 아마도 그 암자의 스님은 그런 자리를 통해 가족의 소중함을 느끼고, 같은 마음으로 기도한다면 이룰 수 있는 것도 더 많다고 생각해서였으리라.

어머니와 함께 여행을 다니다 보니 나야 한 달에도 며칠씩 어머니와 같이 잠을 자지만 대부분의 사람에게는 그리 흔한 일은 아니다. 나이

살며 생각하며

를 먹어갈수록 부모와 잠자리를 하는 경우는 더더욱 드물어질 수밖에 없다.

서로 남남인 남녀가 만나 부부로 살아가면서 닮아간다는데, 먹는 것이 같아지고 생활 습관이 비슷해지고 무엇보다 같은 방에서 같은 공기를 호흡하며 살아가기 때문이기도 하다. 그런데 정작 나와 피를 나눈 부모, 형제자매와는 세월이 지날수록 그런 기회가 점차 줄어든다. 사회에서 만나는 사람들과는 조금씩 서로를 더 알게 되고 가까워지지만, 가족과는 서서히 멀어지며 사는 것이 보통 사람들의 삶이다.

아홉 시만 되면 불을 끄고 잠을 자야 하는 절집. 어머니는 화장실 가는 것이 무섭다며 신경 쓰고, 나는 나대로 일찍 찾아오는 밤이 지루해서 되도록 근처 숙박 시설을 이용하는 편인데, 오랜만에 뜨듯한 온돌방도 생각나고 새벽 도량석 소리가 그리워 내소사를 가기로 했다. 눈이 내릴 것 같으니 눈 쌓인 내소사 사진을 찍으러 가야 한다는 핑계를 댔다. 12월 말인데도 열흘 넘게 낮에는 이른 봄 날씨가 이어졌는데, 마침 오후부터 기온이 내려간다고 하니 바닷가 근처인 변산반도 일대에 눈이 제법 올 것 같은 생각이 들었다.

조금 이른 점심을 먹고 길을 나섰다. 네 시가 다 돼서야 줄포에 도착해 먼저 곰소항에 들렀다. 겨울이라 그런지 대부분의 상점이 닫혀 있었는데 마침 문을 연 곳이 있어 미역을 사서 내소사로 향했다. 잠시 시간을 지체한 탓에 이미 저녁 공양 시간이 끝나버렸다. 우리 때문에 밥을 차려야 하는 것이 미안해서 됐다고 하니, '이 긴긴밤을 보내려면 배라도 든든해야지요.' 하고 웃으며 사무장이 공양간으로 안내했다.

저녁 공양 후 방을 배정받고, 예불이 시작되자 어머니는 법당으로 갔다. 나는 전나무 숲길로 향했다. 불빛 하나 없는 깜깜한 숲길, 바람이 낙엽을 휭 하니 쓸고 갔고 갑자기 길이 밝아지는 듯해서 하늘을 보니 구름 사이로 잠시 달이 나타났다가 이내 사라졌다. 뎅뎅거리는 범종 소리를 들으며 십 분도 채 안 걸리는 숲길을 걸어서 일주문에 다녀오니 목탁 소리가 뒤를 이었다. 그 소리에 맞춰 예불문을 혼자 중얼거리며 경내를 산책하다 방으로 들어왔는데 어머니는 예불을 마치고 기도를 했는지 한참이나 지나서야 들어오셨다.

"눈이 온다 케서 이 멀리까지 왔는데 눈은커녕 달이 한 번씩 보이더라. 혹시 허탕 치는 건 아니냐?"

"원래 새벽녘이 기온이 가장 낮으니까 아침에 눈이 오겠지. 안 오면 다음에 또 오지 뭐."

눈이 내리면 좋겠지만, 또 오지 않아도 그만이다. 그 핑계 삼아 이렇듯 고찰에서 어머니와 함께 하룻밤 자고 가면 그만인 것을.

어머니는 그런 걱정도 잠시, 눕자마자 코를 골며 주무셨다. 집에서는 서로 다른 방에서 자기 때문에 살필 수 없지만 이렇게 밖에 나와서 함께하면 한 번씩 어머니 얼굴을 바라본다. 객지여서일까? 민얼굴과 손발을 보니 유난히 주름이 깊고 쪼글쪼글해 보였다. 내 나이 먹는 것은 생각지 않고, 늘 엄마였던 여인이 언제 이렇게 할머니가 됐나 싶었다. 반쯤 입을 벌리고 거친 숨을 몰아쉬는데 이는 대부분 빠져 있고 머리맡에는 틀니 통이 놓여 있다. 바느질하랴 연밥으로 염주 만들랴 거죽만 남은 손은 상처투성이고, 주방 일을 하면서 간혹 물건을 떨어뜨리기도 한 흔적이 발등에 멍으로 남아 있다. 관심 갖고 살피지 않으면 그냥 지나칠 삶의 흔적들이 몸 곳곳에 있었다.

언젠가 저녁 반찬으로 데친 오징어가 나왔는데 채를 썬 듯 아주 얇고 잘았다. 몇 개씩 집어 떨어뜨리지 않고 먹으려니 아주 번거로웠다.
"아니, 오징어를 왜 이렇게 잘게 썰었어?" 투정을 부렸더니, "너는 이가 튼튼해서 괜찮겠지만 우리는 이가 부실해서 이렇게 해야 먹는다."
아차 싶었다. 이유 없는 행동이란 없다. 돌이켜 생각하니 어머니의 행동 하나하나에는 다 나름의 이유가 있었다. 갑자기 말수가 없어지면 뭔가 근심거리가 생긴 것이고, 드시는 밥이나 주전부리의 양이 줄어들면 속이 불편한 거다. 볕이 좋을 때면 아파트 공원에 나가 또래 친구분들과 어울리다 오셨는데, 어느 날부터 나가지 않기에 여쭤봤더니 그분들과 언짢은 일이 있었다고 했다. 별것 아닌 일에 짜증을 내고 낮에도 누워 있는 경우가 많으면 십중팔구 몸살이 난 게 분명하다.

중국 양梁나라 때의 '유검루庾黔婁'라는 사람을 비롯한 옛날의 효자들은 부모님의 건강을 살필 때 대변 맛을 보았다는 이야기가 전해진다. 맛과 빛깔과 냄새를 통해 병세와 건강상태를 어느 정도는 파악할 수 있었을 것이다. 지금이야 병원에 가서 간단한 검사만으로도 해결될 문제지만 사실 그것이 생각처럼 쉽지만은 않다. 당신 몸은 당신이 제일 잘 아신다며 어지간해서는 병원에 가지 않으려 하시기 때문이다. 그 또한 시간과 돈을 들여야 하는 자식을 생각하는 마음이리라.

하는 수 없다. 숨소리, 말 한마디 행동 하나하나를 허투루 지나치지 않고 살피는 수밖에. ▨

살며 생각하며

그 좋은 데는 맨날 혼자만 다니나?

오대산 염불암

2004년부터 이태 동안 오대산에 있는 염불암을 두 주일에 한 번 꼴로 사십여 차례 오르내렸다. 같은 절을 그토록 자주 다니니 어머니는 도대체 어떤 곳인지 무척이나 궁금했을 것이다. 한 번씩 사진을 보여드리면 "우리나라에 이런 절도 있나?" 하며 신기해하셨다. 어느 가을날, 그동안 함께 가잔 말 한 번 꺼낸 적 없던 어머니가 한마디 한다.

"그 좋은 데는 맨날 혼자만 다니나? 나도 같이 가면 안 되겠나?"

어차피 가는 길인데 뭐 그리 어려운 일이냐며 그러자고 했는데, 그

러고 보니 그동안 어머니 모시고 갈 생각은 한 번도 해본 적이 없었다. 나야 염불암에 올라가면 그만이고 어머니는 상원사나 적멸보궁에서 기도하면 되는데, 어차피 가는 길 왜 그리 못했는지.

그렇게 오대산을 다닌 지 일 년이 지나서야, 염불암을 스무 차례 넘게 혼자 오르내린 뒤에야, 비로소 어머니와 함께 처음으로 염불암을 찾았다. 구경하고 싶은 마음이 간절했을 텐데 일 년을 아무 말 없이 참아오신 것이다. 자식이 일하러 가는데 혹시 방해되지는 않을까 싶어 그랬겠지.

상원사를 지나 염불암 올라가는 산길에서 마침 내려오는 스님 한 분을 만났다. 스님과 함께 염불암에서 하룻밤을 보낸 적은 있지만 혼자서 밤을 지새워본 적은 없기에, 순간 염불암에서 하룻밤 보내고 싶다는 생각이 들었다. 스님께 허락을 구하고 염불암에 도착하자마자 장작을 가져다 불을 지폈다. 어머니는 "니는 이런 거 할 줄이나 아나? 내가 불을 땔 테니까 너는 사진이나 찍어라. 해도 질라 카는데 빨리 서둘러라." 하시고는 내 손에 있던 장작을 뺏어 불을 지피기 시작했다.

서쪽으로 산이 있기에 염불암의 밤은 일찍 찾아온다. 얼마 있지도 않았는데 해가 곧 넘어가려 했다. 어머니는 상원사에서 주무시기로 했기에 서둘러 내려가셔야 했다. 처음 온 길이라 무서웠는지 어머니가 능선 입구까지만 데려 달라고 했고, 능선 입구에 다다르니 저 멀리 사자암에서 저녁 예불 소리가 들렸다. 사자암의 불빛을 바라보면서 이젠 혼자 가겠다고 하셨지만, 중간중간 경사가 심하고 미끄러운 곳이 있어 입구까지 함께하기로 했다. 가는 길 내내 어머니는 손사래를 치며,

"곧 해가 질 텐데 뭐할라꼬 밑에까지 가나? 이젠 길을 알았으니 빨리 올라가라. 어두워지면 니가 올라가는 게 더 문제지 나는 괜안타."

나야 수십 번을 오르내린 길이니 괜찮다고 하며 사자암으로 향하는 갈림길 근처까지 함께했다. 이젠 나도 올라가야겠다고 얘기하고 그 자리에 서서 눈 바래기를 했다. 큰길까지 가시는 것을 보려고 기다리니 어머니도 내가 올라가는지 보려고 날 쳐다보고 계셨다. 어두운 산길을 올라가는 것이 걱정됐나 보다. 아주 잠깐 눈이 마주쳤다. 그 순간, 내가 오르지 않으면 어머니도 가지 않을 것 같다는 생각이 들어 등을 돌리고 서둘러 염불암에 올랐다. 아주 짧은 순간이었지만, 나를 지켜보던 어머니의 그 눈빛이 잊히지 않는다.

일주일 뒤에 다시 그곳을 찾았다. 염불암에 도착하니 그제야 해가 솟아오르기 시작했다. 어머니가 새벽부터 준비해온 김밥으로 아침을 먹고 나는 맞은편 산으로 향했다. 멀리서 바라보니 기다리기 지루했는지 어머니가 따사로운 햇볕 아래 꾸벅꾸벅 졸고 계셨다.

초등학교에 다니기 전 내 모습이 떠올랐다. 어렸을 적 나는 무척이나 말을 잘 듣는 아이였다고 한다. 그 당시 어머니는 일을 다니셨는데 어린 아들 둘이 늘 신경 쓰였을 것이다. 형은 먼 곳까지 가서 놀다 오는

경우가 많았지만, 나는 친구들과 놀더라도 집 앞을 떠난 적이 없었다. 혹시나 길을 잃을까 걱정스러운 마음에 집 근처를 벗어나지 말라던 말씀을 지키기 위해 대문 앞에서 퇴근하는 엄마를 하염없이 기다렸다.

그와는 다른 기다림이지만 세월이 흘러 이젠 어머니가 나를 기다리고 있다. 벌써 십여 년, 내가 무슨 일을 하는지, 일의 진척은 있는지, 앞으로의 계획은 어떤지, 재촉하거나 잔소리하는 법이 없다. 지금껏 묵묵히 나를 기다려주고 계신다.

대부분의 기다리는 마음은 걱정과 이해와 배려심을 동반하지만, 어머니의 기다림은 다르다. 그것의 밑바탕에는 믿음이 깔려 있다. 아직 때를 만나지 못해서일 뿐, 당신 아들이 머지않은 시기에 하고자 하는 일을 꼭 이루어내리라는 강한 믿음인 것이다.

나는 이제껏 친한 친구나 동료들에게 하고 있는 일이나 고민을 허물없이 터놓으며 살아왔지만 정작 가족에게는 그러지 못했다. 그러나 묻지 않는다고 해서, 믿음이 있다고 해도, 어찌 부모가 자식의 일에 무관심하겠는가? 아마도 어머니는 염불암이라는 절이 보고 싶기도 했겠지만, 내가 하고 있는 일이 무엇인지가 더 궁금했을 게다. 늦었지만 이제라도 하나씩 하나씩 보여드리기로 했다. 막연한 것이라도 생각을 말씀드리기로 했다. 나도, 어머니도, 얼마든지 기다릴 수 있지만, 세월은 기다려 주지 않을 테니까. ▨

살며 생각하며

나도 사진이나 배워볼까?

𐅦 지리산 산동마을 𐅦

대학에 들어가고 나서 어머니의 가장 큰 걱정 중 하나는 혹시나 내가 운동권 학생이 되지는 않을까였다. 그 무렵은 어느 때보다도 민주화에 대한 열망이 강렬했기에 더더욱 그랬다. 입학식을 하고 이 주일 정도가 지나자 어머니는 내게 넌지시 물었다.

"너 혹시 어떤 서클에 들었냐?"

"글쎄… 앞으로는 컴퓨터를 배워보는 게 어떨까 싶은데."

"너 혹시 사진 배워볼 생각은 없냐? 논현동에 사는 사촌 누나 있잖

아. 대학 들어가서 사진을 배웠는데 결혼식 사진도 찍고 용돈도 벌고 좋다 하던데."

"사진기도 없는데 받아 주려나? 한 번 알아보지 뭐."

그렇게 사진과의 인연이 시작됐다. 다음 날 알아보니 당분간은 선배들의 것을 빌려서 사용하면 된다며 괜찮다고 했다. 어떤 동아리가 됐건 그것은 방편이었을 뿐, 사실 사람들을 만나고 싶었기 때문에 그날로 사진 동아리에 가입하고 그 만남이 지금껏 이어져 오고 있다.

대학 생활 내내 몸담았던 곳이지만 특별히 사진이 좋아서 열정적으로 사진을 계속 찍지는 않았다. 다만 회원으로서 일 년에 한 번씩 전시회를 해야 했기에 그때만큼은 최선을 다한 정도다. 졸업 후에도 사진 찍는 일을 계속할 거라는 생각은 해 본 적이 없다. 그러나 어쩐 일인지 막상 졸업할 무렵이 되니 마땅히 하고 싶은 일도 없고, 문득 사진을 해 보고 싶다는 생각이 뒤늦게 들었다. 결국 졸업 후 취직하지 않고 혼자서 사진 공부를 시작했다.

그 당시 어머니가 받았던 충격과 실망은 이만저만이 아니었다. 어머니는 사진을 한다는 것은 사진관을 운영하는 것으로 알고 계셨기 때문에 늘 '내가 너 사진관이나 하라고 대학 보낸 줄 아나?' 하시며 무척이나 상심이 컸다. 아침에 잠을 깨면 어머니는 내 머리맡에 앉아 눈물을 뚝뚝 흘리기까지 하셨으니 버틸 재간이 없었다. 이렇게까지 하면서 내가 하고 싶은 일을 고집해야 하나 하는 생각이 들었다. 마침 그 당시 아버지는 정년퇴직하셨고, 형은 취직이 안 되는 상태였다. 할 수 없었다. 학교에서 만난 친구에게 원서를 받아 입사하게 된 곳은 보험 회사였다. 그러나 일 년을 넘기지 못했다. 회사 일도 만족스러웠고, 직장 동료들 또한 더없이 좋은 사람들이었다. 그러나 하고 싶은 일을 하지 못한 미련을 떨칠 수 없었기에 회사를 그만두고 다시 사진 공부를 시작했다. 그러나 이번에도 오래가지 못했다. 다시 들어간 곳은 방송국이었고 칠 년 가까이 방송 제작을 했다.

그러나 미련 때문이었을까? 건강이 안 좋아지면서 이번에는 원하지 않게 직장을 그만두게 됐다. 그 후 지금까지 사진 작업을 계속하고 있지만, 여전히 어머니는 내가 아무 곳이라도 좋으니 남들처럼 평범한 직장을 다니기를 바라신다.

그러나 한때 좋아졌던 경제 상황은 다시 침체되기 시작했고, 나이 먹어가면서 내가 할 수 있는 일은 점점 줄어드니 일자리를 찾는 것이 쉬운 일이 아니다.

몇 해 전 여름, 작업실 월세를 내지 못할 만큼 형편이 나빴던 적이 있었다. 그전까지는 일을 하더라도 가려서 하는 경우가 많았는데, 내가 원하는 일이 아니더라도 아무 일이라도 해야겠다는 생각이 들었다. 음식 만드는 공장에서 하루 일당을 받으며 짐을 나르기도 하고 음식을

어머니는 매년 정월이 되면 '올해부턴 니 운이 트인다고 하더라.'고 말씀하신다.
어차피 하고 있는 일, 마음 편히 잘하라고 건네는 격려와 위로의 말일 게다.
그러나 그 이야기를 듣기 시작한 지도 벌써 십 년.
다가올 듯 다가올 듯하면서도 아직은 멀었나 보다.
마치 봄을 시샘하는 봄눈처럼.

만들기도 했다. 처음에는 어머니에게 그 사실을 알리지 않았다. 그러나 얘기하지 않는다고 부모가 그것을 모를 리 없다. 작업실에서 글만 쓰던 내가 어느 날부터 땀에 젖은 빨래가 많아지고, 난생처음 해보는 육체노동이었는지라 눈에 띄게 살이 빠지고 있었으니, 이미 알고 있었겠지만 두 달이 되었을 때 넌지시 내게 물었다.

"너 요즘 노가다 하나?"

이미 알고 계시는데 숨길 수 없는 노릇이다. 미루어 짐작은 하셨겠지만, 자식의 입을 통해 직접 그 이야기를 들으면 상처가 크지 않을까 싶어 조심스레 사실을 말했다. 그러나 어머니는 뜻밖에 의연했다.

"그래, 어떻게 하고 싶은 일만 하고 살겠냐. 나는 그래도 이제라도 니가 일할 생각이라도 한 게 고맙다."

말씀은 그렇게 하셨지만, 어찌 타는 그 마음을 모르겠는가. 어머니가 이제껏 가장 후회하는 일 중 하나는 내게 사진을 배워보라고 한 것이다. 촬영을 위해 집을 나설 때면 같은 곳을 뭐하러 그리 자주 다니냐는 말씀을 자주 하시는데, 속내는 아마도 이젠 사진을 그만두길 바라는 마음이 있지 않았을까.

그러던 어머니가 어느 날,

"야야, 나도 사진이나 배워볼까?"

아마도 그것은 예쁜 풍경을 담고 싶어서였을 수도 있겠으나, 아들이 그토록 버리지 못하는 것을 당신도 경험해 보고 싶은 마음과, 또 그를 통해 조금이나마 자식과 소통해보려는 마음 아니었을까?

혹시 잃어버릴까, 고장이 나지는 않을까 하며, 처음에는 가지고 다니는 것조차 두려워했던 어머니가 이제는 알아서 사진을 척척 찍어 오신다. 전원을 켜고 셔터를 누르는 것만 알려드렸을 뿐인데 함께 간 친구들의 기념촬영 또한 남다르게 담을 정도로 수준급 실력이 됐다. 찍어온 사진을 보며 깜짝깜짝 놀랄 때가 많다. 예전부터 가지고 있던 생각이지만 어머니의 사진을 보며 다시 한 번 배운다. 사진은 마음으로 담아내는 것이라고. ☒

진리의 수레바퀴

내 어머니의 법명法名은 법륜행法輪行이다.
법륜이란 석가모니 부처님의 설법을 뜻하는데, 법法을 전륜왕의
윤보輪寶(수레바퀴 모양의 고대 인도의 무기)에 비유한 것이다.
수레바퀴는 둥글둥글한 모양에 비유해서 석가모니의 교법이 원만하여
결함이 없는 것을 뜻하기도 하고, 그의 교법이 세상 어느 곳에나
이르지 않는 곳이 없다는 것을 의미하기도 한다.

평소 낯선 사람을 만나더라도 허물없이 쉽게 친해지는 쾌활하고
원만한 성격과, 전국 방방곡곡 부처님의 숨결이 느껴지는 곳이라면
마다치 않고 찾아다니는 어머니와 참으로 어울리는 법명이 아닐 수 없다.

어머니와 많은 시간을 보내긴 하지만 실은 서로에게 건네는 말에서
그 진심을 알 수 있는 경우는 드물다. 당신이 하고 싶은 말씀이 있어도
먼저 자식의 입장을 헤아려 말을 가려서 하니 더욱 그렇다.
그렇듯 어머니는 자기 생각을 드러내는 데 서툴고
가슴속에 묻어두는 것이 더 익숙한 삶을 살아왔다.

그동안 눈과 마음으로만 느껴와 아쉬움도 많았을 어머니가
이제는 디지털 사진기로 손수 그 모습들을 담아낼 수 있게 됐다.
이젠 당신의 생각과 마음을 표현할 다른 방법이 하나 더 생긴 것이다.
과연 사진기를 통해 어머니가 바라본 세상은 어떤 모습일까?

아직은 쌀쌀하기만 한 3월 중순.
어머니는 관음사의 신도들과 함께
월출산 도갑사와 무위사를 둘러보고 오셨다.
늘 내가 어머니께 봄소식을 먼저 알려 드렸는데,
이번엔 어머니가 남도의 꽃 소식을 먼저 전해줬다.
어머니가 찍어 온 첫 번째 사진이다.

사진을 처음 찍기 시작할 때는 찍고자 하는 대상만 바라본다.
나중에 인화하고 나서야 주변에 잡다한 것들이 많이 찍힌 것을 알게 된다.
어머니가 산청 단속사 터의 정당매를 찍었는데 한쪽 귀퉁이에 내가 있었다.
어머니가 찍어준 내 첫 모습이다.

여수 영취산 ⓒ 정영자

한쪽에서 진달래를 열심히 찍는 나를 보고 어머니가 한마디 한다.
"이 먼 데까지 왔으면 저기 마을도 집어넣고 바다도 보이게
그렇게 함께 찍어야지 여기서 찍은 게 표시가 나지,
꽃만 가까이서 찍으면 되겠나?"
"남들처럼 사진기가 커다랗지도 않은데 그래 찍어서 돈이나 벌지 걱정이다."

청산도 당리 ⓒ 정영자

어릴 적엔 동네에 그렇게 많았던 제비를 이젠 좀체 볼 수 없다.
가끔 시골 마을에서 만나면 반가운 마음에 사진에 담아보려 하지만,
원체 빠르게 날아가는 녀석이라 쉬운 일이 아니다.
어머니의 사진에는 간혹 등장하는데,
사진을 찍는 순간 화면 안으로 제비가 저절로 날아든다.
참 신기한 일이다.

복사꽃을 보러 멀리까지 갔는데 며칠 동안 날이 궂었다.
바람 또한 세차게 불어 자동차까지 흔들릴 지경이었으니,
가만히 서 있기도 버거웠고 사진을 찍는다는 건 엄두도 내지 못했다.
잠시 바람이 멈추고 하늘이 열리자,
차 안에 계속 있던 어머니가
나보다도 먼저 달려나가 사진을 찍었다.

어머니는 사진기 렌즈 뚜껑을 여닫다가 한 번씩 손으로 렌즈를 건드린다.
그래서 사진을 찍어 오시면 사진을 옮기고 나서 항상 렌즈를 닦아 드려야 한다.
어느 가을날 친구분들과 구절초가 만발한 만의사를 다녀오셨다.
그 전에 사용한 후 미처 신경 쓰지 못해서 아차 싶었는데,
손으로 문댄 렌즈를 통해 꽃들이 번져 보여 오히려 보기 좋았다.

예산 수덕사 다비식 ⓒ 정영자

양양 낙산사 의상대 ⓒ 정영자

낙산사에 다녀오신 어머니가 집에 들어오자마자
씻지도 않고 내 방으로 달려오셨다.
"야야, 내가 연등을 찍어 왔는데 한번 봐 봐.
낙산사부터 의상대까지 연등이 쫙 늘어선 게 얼마나 장관이던지…."
컴퓨터를 켜고 사진을 보여드리자,
"사진이 왜 이러냐? 분명히 연등을 찍었는데 하나도 안 나왔네."

"차 안에서 찍어도 사진이 나오나?"
"그럼, 나오지."
"괜히 필름 버리는 것 아니야?"
필름이 필요 없는 사진기라고,
찍고 싶은 데로 원 없이 찍어보라고 말씀드렸다.
어머니는 이제 달리는 차 안에서도 사진을 찍기 시작했다.

무명을 밝히고

천하 만물이 '선' 아닌 것이 없고　　天下萬物 無非禪
세상 모든 것이 '도' 아닌 것이 없다.　世上萬事 無非道
성수 스님 오도송悟道頌

경봉 스님은 촛불이 살랑이는 모습을 바라보다가 깨달음을 얻었다.
동산 스님은 대나무 숲을 거닐다
바람에 부딪치는 댓잎 소리에 대오大悟했다고 하며,
어느 비구니 스님은 뜰 앞의 매화향기를 맡고 득도得道했다고 한다.

그런 이야기를 듣다 보면 멀리 있을 것만 같은 깨달음이
실은 내 주변에 아주 가까이 있음을 알게 된다.
세상 만물이 모두 삶의 스승인 것이다.

우리는 살면서 수많은 만남과 마주치게 된다.
그러나 관심을 두지 않으면
왔는지조차 모르고 지나가는 것이 인연이다.
아상我相을 버리고 하심下心의 마음을 내었어도 마찬가지다.
알고자 하는 마음이 늘 있어야
비로소 그것이 다가왔을 때 알아채고 바라볼 수 있게 된다.
간절해야만 깨닫게 되고 그때 비로소 내 것이 될 수 있다.

하지만 굳이 배우거나 깨닫지 못한들 어떠랴?
수많은 인연을 만나고 그 만남을 누리며
소중히 여기고 감사하는 마음을 느끼는 것만으로도 충분한 것을.
길에서 마주친 사람, 책을 통해 알게 된 어린아이,
흘러가는 강물이나 들판을 거닐다 만난
하찮아 보이는 풀 한 포기, 바람 한 점조차도….

가만히 놔두면 좋을 것을

여기저기 돌아다니다가 빼놓지 않고 보는 것 중 하나는 돌에 새긴 부처와 오래된 나무들이다. 모든 것들이 낯설게 변해가는 요즈음, 적어도 수백 년 이상 같은 자리를 지키고 있는 그들 앞에 서면 절로 고개가 숙여진다. 말 못하고 움직일 수 없는 그들이지만, 한없이 나약한 인간의 모습이 스쳐 가고 잠시나마 나 자신도 돌아보게 된다.

   언젠가 강원도 일대를 열흘 남짓 돌아다닌 적이 있다. 인제 곰배령에 올랐다가 오대산과 진부, 정선을 거쳐 태백의 검룡소를 찾아갈 생

각이었다. 가던 중에 정선의 화암리 절골이란 마을을 지나는데 길가에 소나무 안내 표지판이 보여 어김없이 산길로 들어섰다.

이른 아침, 자욱한 안개 사이로 저 멀리 커다란 소나무가 희미하게 모습을 드러냈다. 언덕 위에 홀로 서서 어린아이를 보듬어 안듯 가지를 드리운 소나무를 보고 첫눈에 반해버린 나는, 태백까지 가던 길도 잊고 반나절을 그 곁에 머물렀다. 당시 그곳에 터를 잡고 살기로 한 스님을 만났는데, 부처님께 아침저녁으로 예불을 올리고 소나무에게도 기도를 드리던 스님이었다.

삼 년이 흘렀다. 마침 영월에 들렀다가 스님의 소식이 궁금해 절골을 찾았다. 그런데 어찌 된 영문인지 소나무가 말라 죽어가고 있었다. 안타까운 마음에 소나무 주위를 어정거리다 내려오니 스님이 한눈에 나를 알아보고 반가워했다. 오늘은 마당에 심어 놓은 옥수수를 첫 수확했다며 방금 찐 것 하나를 내게 건넸다. 삼 년 전에도 그랬다. 돌아다니는데 밥은 먹고 다니느냐며 옥수수 몇 개와 사과를 주셨다.

스님은 이제 천일기도가 끝나간다고 했다. 그동안 머물고 계신 주변으로 밭도 많이 가꾸어 놓았다. 소나무는 도대체 어찌 된 일이냐고 묻자 그 무렵 소나무가 언론을 통해 조금씩 알려졌는데, 서울에 있던 어느 단체에서 소나무를 살펴보고는 관리를 잘해야 한다며 가지를 쳐 내고 약을 뿌렸다고 했다. 그 후로 소나무 주변의 풀들이 죽기 시작하더

무명을 밝히고

니 소나무 역시 그리됐다는 것이다.

오래전부터 이미 그 생명을 다하고 있었기에 살리려는 노력에도 어쩔 수 없었겠지만 천 년을 넘게 살아온 소나무가 이리도 허망하게 죽는 모습을 지켜보니 참으로 안타까운 마음이 들었다.

옛날 이곳에는 화표사라는 암자가 있었다고 한다. 절에 살던 스님이 돌아가시자 지금의 자리에 묻었는데 그 뒤 묘에서 자란 소나무가 지금의 소나무가 됐다는 전설이 전해진다. 그 후 화표동 절골 마을을 지켜주는 수호목으로 오랫동안 자리를 지켜왔던 소나무는, 아마도 마을 사람들이 모두 떠난 자리에 더는 머물 의미를 잃어서 그리된 것은 아닌지.

점심 공양을 함께한 후 길 떠날 채비를 하자 어머니께 가져다 드리라며 기관지에 좋다는 개복숭아 담근 물을 주셨다. 오랜만에 만나니 매우 반가워서 이것저것 다 주고는 싶은데, 가난한 절 살림에 줄 것이 없다며 아예 항아리 하나를 통째로 주면서 나중에 올 일이 있으면 그때 달라고 했다. 덧붙여 조금 있으면 민둥산에 억새가 좋으니 그때 어머니와 함께 구경 와서 절에도 들르면 어떻겠냐고 하셨다.

일주일 뒤에 다시 정선으로 향했다. 어머니와 소나무가 있는 곳에 올랐다. 그 큰 소나무가 죽어가는 모습을 보며

"쯧쯧쯧, 뭐든지 그냥 놔두면 알아서 잘 클 텐데 뭐할라꼬 건드려가

지고 이 지경을 만들어놨나."

하며 안타까워하셨다. 어머니도 마음이 아팠는지 소나무 주위를 계속해서 빙빙 돌다가,

"야야, 이리 좀 와봐라. 여기 송진이 흐르는 것 같은데, 송진이 나오면 아직 안 죽은 거 아니냐? 아이구 마, 이제라도 가만 내버려 두면 살지 않겠나?"

그러나 그것은 나와 어머니의 부질없는 바람일 뿐이었다. 일주일 전, 삼 년 만에 이곳을 다시 찾았을 때 절 입구를 지나치고 말았다. 예전에 있던 표지판이 없어서였다. 그 전해에 이미 소나무가 고사했다고 결론을 내렸고, 강원도 지방기념물 지정에서 해제됐다는 것이다. 현재는 부근의 소나무 중에서 형질이 우수하고 수령이 오래된 소나무를 후계목으로 지정했다고 한다.

억새로 위안을 삼을까 싶어 절골을 나와 민둥산으로 향했다. 그러나 이곳 또한 너무나 변해버렸다. 몇 해 전 어머니와 함께 왔을 때만 해도 만발한 억새 사이로 오솔길이 좋았는데 길 양쪽으로 난간을 만들어 놓았다. 정상에 올라 내려다보니 억새는 많이 피지 않았고 나무 말뚝만 햇살을 받아 반짝였다. 이렇게까지 해야 하나 싶었지만 어쩌겠는가? 사진 찍는다며 억새밭을 망쳐 놓는 우리 탓인 것을. 가만히 놔두면 좋을 것을. ☒

무명을 밝히고

어둠 속의 부처님,
이젠 좀 편안하신가요?

☙ 해남 북미륵암 ❧

민둥산의 억새밭처럼 산과 강과 들 또한 사람의 손길이 닿는 순간부터 망그러진다. 비단 살아 있는 것뿐만이 아니다. 때때로 보호각에 갇힌 돌부처를 만나면 참으로 안타까운 마음이 든다. 더 이상의 훼손을 막기 위해 씌워졌다는 그것들을 볼 때마다 무엇을 위한, 누구를 위한 보존인지 의문이 들 때가 많다.

복원이라는 미명 아래 망측하게 변해버린 석불이나 탑 또한 마찬가지다. 돌 하나에 생명을 불어넣는 석공의 마음을 생각해 봤는지, 그 정성으로 생명을 얻은 돌부처의 눈으로 세상을 바라봤는지 의심스럽다. 새롭게 태어난 그 대상에 간절히 가족과 나라의 복을 빌었던 사람들의 마음을 조금이라도 헤아려 보기나 했을까?

한겨울 매서운 추위와 눈보라 속에서 살아남은 꽃들이 따사로운 봄 햇살을 받아 더 아름다운 꽃을 피우고, 여름 내내 비바람을 견디고 나서 야 건실한 열매를 맺는 것이 이치이거늘, 꽃이 아름답다고 꺾어 내 곁에 만 두려 한다면 탐스런 열매는 어찌 볼 것이며, 다른 사람들에게서 그것 을 보고 느낄 권리를 빼앗는 것은 과연 어찌 된 영문인지 모르겠다.

돌에 새긴 부처가 아름답게 느껴지는 이유는 뛰어난 조각 솜씨이기 도 하지만, 그곳에는 세월의 흔적이 묻어 있기 때문이다. 아마도 처음 그것을 조각했을 당시에는 지금처럼 그렇게 온화해 보이지는 않았을 것이다. 오랜 세월 비바람에 닳고 닳아 비로소 지금의 모습을 갖췄으 니, 시작은 석공이 했지만 시간이, 자연이 함께 만든 것이다. 돌부처를 어루만지며 가족의 복을 빌었던 어머니들의 정성과 손때 역시 마찬가 지다. 그렇듯 문화유산은 계속 만들어지는 중이다.

그런 면에서 몇 해 전 서산에 있는 마애삼존불의 보호각을 철거했다 는 소식은 듣던 중 반가웠다. 인공으로 설치해 놓은 조명이 어찌 태양 빛에 비하겠는가. 서산에 가면 마애삼존불은 늘 지나치고 보원사 터를 거닐다 온 것은 그 때문이었다. 이제야 비로소 진정한 백제의 미소를

볼 수 있으니 이 얼마나 다행한 일인지 모른다.

　오래전 해남에 있는 북미륵암을 찾아간 적이 있다. 가파른 길을 씩씩거리며 올라 물 한 모금 마시고 아래를 바라보니 대흥사 큰 절이 한눈에 보이고 저 멀리 다도해가 넘실거렸다. 오래된 석탑 두 기가 있었고 용화전이라는 전각 안에는 부처님이 계셨는데 이제껏 보지 못한 아름다운 마애불이었다.

　석탑에서 시간을 보내다 내려오니 스님이 불러 차 한잔하고 가라 하셨다. 마애불 옆의 천인상이 기둥에 가려져 있고 석탑들의 보존 상태도 좋지 않아 어떻게든 고쳐 보고 싶다며 사진을 찍어 자료로 보냈으면 한다는 것이다. 철관음차 한 통을 주시며 봄이 되면 한번 꼭 들려달라고 부탁하기에 조만간 오겠다 약속하고 절을 나섰다.

　절벽 위에 서 있는 탑 아래에서 바라본 다도해와 대흥사의 모습. 일몰은 늘 바다에서 본다 생각했는데 산꼭대기에서 바라본 해넘이가 잊히지 않았다. 사진은 미리 뽑아 두었고 사월이 돼서 남도 꽃구경을 나서는 김에 어머니와 함께 북암을 다시 찾았다. 때마침 부처님 오신 날이 얼마 남지 않아 신도 몇 명이 연등을 만들고 있었는데, 어머니도 밤늦게까지 함께 연등을 만들며 하루를 북암에서 보냈다.

　그리고 나서 두 해가 지났다. 정이 가는 만큼 관심도 많아지게 마련이다. 때마침 언론에서 북암의 마애불이 국보로 승격됐다는 소식을 전해 들었다. 정밀검사를 위해 보호각을 철거했다 하니 어머니와 함께 다시 북암을 찾았다. 임시로 천막을 씌워 놓고 있었지만, 비닐 사이로 석양이 비치고 있었다. 보호각 어둠 속에서 그 모습을 제대로 볼 수 없었던 부처님의 상호는 잔잔한 미소를 띠고 있었고 천인상은 그제야 새 생명을 얻은 듯했다. 습하고 어둠침침한 곳에서 벗어나 이젠 햇볕도 받는 그들을 보며 나도 빙그레 웃었다. 그러나 예전의 보호각을 뜯어냈지만, 또 다른 새로운 보호각을 씌워야 한다고 했다.

저녁 공양을 하고 나서 어머니는 예불에 참석하고 나는 노을을 구경하러 언덕 위로 올라갔다. 그곳에서 법당을 바라보는데 절에서 키우는 개 두 마리가 예불 올리는 모습이 아주 재미났다. 선재라 불리는 녀석은 묶여 있지 않아 법당 앞에 계속 앉아 있고, 묶여 있는 나머지는 예불 내내 짖어댔다. 짖는 녀석은 독경을 하고, 앉아 있는 선재는 참선을 하는 듯 보였다. 예불이 끝나자 짖는 것을 멈추고 법당 앞의 선재는 다시 요사채로 내려가니 신기하기만 했다.

밤새 비가 촉촉이 내렸다. 아침 공양 후 스님과 차 한잔하고 내려와 미황사를 지나쳐 도솔암으로 향했다. 이제 막 단풍이 들기 시작한 달마산에 오르니 왼편으로 멋진 남도 바다가 펼쳐졌다. 중간중간에 있는 바위들이 설악, 금강에 못지않다며 어머니는 당신이 다녀본 곳 중에 이만한 곳도 없다고 했다.

가파른 계단을 올라 도솔암에 도착했는데 법당문이 굳게 닫혀 있었다. 이런 높은 곳에 누가 오지도 않을 텐데 뭐하러 문을 잠가놓았느냐며 어머니가 투덜 투덜거렸다. 참배라도 하도록 열어 놓으면 불전함에 몇천 원이라도 놓고 갈 텐데 이곳 스님은 뭐해 먹고 사느냐 그러셨다. 스님에게도 어떤 사정이 있었겠지만 여기까지 와서 부처님께 참배 드리지 못하니 어머니는 못내 섭섭하신 모양이었다.

법당 안의 부처님 또한 마찬가지가 아니었을까? 당신을 보러 이 멀리까지 찾아온 이를 그냥 돌려보내야 했으니 아마도 어머니보다 더 측은한 마음을 내셨으리라. ▣

무명을 밝히고

허리를 잘라버렸으니
여간 신경 쓰이는 게 아니제

청산도

사진기를 메고 돌아다니다 보면, 때때로 길이나 마을에서 만난 사람들을 찍을 때가 있다. 내 사진기가 자신들 것보다 커 보여서 그런지 간혹 한 장 박아달라는 사람들도 있지만, 내가 필요해서 사진을 찍는 경우가 대부분이다. 그분들의 삶을 담아내는 것에 대한 보답치곤 보잘것없지만 한 번씩 사진을 인화해서 보내드리기도 한다.

한 가지 재미난 사실은 본인들이 사진을 찍어달라고 하거나 필요한 사진을 요구하는 경우, 보내주면 고맙다는 인사는 차지하고서라도 잘 받았다는 연락도 없는 때가 많다. 그러나 내 필요 때문에 찍은 사진을 보내드리는 경우에는 되레 그분들이 고맙다며 연락해온다. 전화로 인사하는 경우도 있고, 충북 진천의 한 초등학생은 이메일로 마음을 담아 보내온 적도 있다. 법성포에서 만난 한 할머니는 이런 편지를 보내왔다.

'안녕하세요 선생님. 이럭캐 적어봄니다. 항상 건강하시고 행복하시고 하신 일 잘 되시기 바람니다. 기해가 된다면 또 만나요. 나는 글을 잘 몰라서 대충 적거봄니다.'

편지 봉투에 적힌 주소와 편지 내용의 글자체가 다른 것으로 보아 할머니께서는 주소 쓰는 것은 다른 사람에게 부탁했으리라. 어차피 부탁하는 것 내용 또한 그리했을 수도 있겠으나 내용만큼은 당신이 손수 그 마음을 담아내신 것이니 짧은 글 몇 줄에 가슴이 찌릿해졌다. 어려운 시절을 살아온 어르신 중에는 글을 깨치지 못한 경우도 많이 있지만 다른 사람에게 당신의 그런 모습을 보인다는 것이 그리 쉬운 일은 아니었을 것이다.

십 년 전 봄에 청산도 당리 마을의 황톳길을 걸었다. 이제 막 끝물인 노란 유채꽃을 바라보다가 마침 보리를 베고 나서 고추밭을 일구던 최씨 부부를 만났다. 이곳을 들르는 관광객들이 많아서인지 반갑게 웃으며 맞아줬다. 순박하기 그지없는 그 사람들과 이야기를 나누는데 몇몇 관광객들에 대한 서운함도 털어놓았다.

무명을 밝히고

"바다 뵈야 한다 하고, 요렇게 서봐라. 고개 들어라. 가까이 찍는다고 보리 질금질금 밟고 들어오고 이럽디다. 소 가지고 쟁기로 농사짓는 것 찍는다고 갖고 오라 하고. 해주면 고맙단 말도 없이 가부려요."

"그치만 유채꽃이 한창 필 때는 어치게 이쁘던가. 아따. 나도 이 속에 들어가서 사진 한 방 찍었음 좋겠다 했구만 하하하…."

유채꽃보다도 보리를 베며 일하는 그 모습이 더 아름답다며 사진 몇 장을 찍어드렸다. 이틀을 그곳에서 더 머물다가 돌아와 곧바로 사진을 보내드렸는데 얼마 있지 않아 편지가 왔다. 잘 받았다고 전화 한 통 하면 될 것을 고마운 마음을 편지지 하나에 가득 담아 보내왔다.

보내준 사진을 방 한쪽 벽에 붙이곤 보고 또 봐도 너무나 아름다워 그렇게 좋을 수가 없다며 내 칭찬을 끝도 없이 했다. 더불어 '일부러 꼭 시간을 내서 놀러 와 달라'는 말도 덧붙였다. '꼭'이라는 말에 별표까지 붙인 것으로 봐서 한눈에 보아도 인사치레가 아님을 알 수 있었다.

몇 년이 흘렀다. 일 년에 서너 번은 창녕에 들르는지라 마늘은 늘 그곳에서 샀는데, 이번엔 마늘 산다는 핑계로 어머니를 모시고 청산도로 향했다. 수원에서 출발하면서 연락했더니 마침 마늘 출하시기여서 많이 바쁘지만 그래도 얼굴 한 번 보자며 반가워했다. 전날 밤에 완도에서 사놓은 수박 한 통을 들고 최씨 아저씨 집으로 향했다. 가는 길에 마을 사람 몇 분을 만났는데 만나는 사람마다 "이 사람이 내 사진 찍어

준 분이여." 하며 연신 자랑을 했다. 아마도 보내드린 사진을 동네 사람 모두에게 자랑하신 모양이다.

내일 다시 오겠다 인사하고 어머니와 섬 곳곳을 돌아다녔다. 몽돌 해변도 거닐고, 부흥리의 백련암도 들렀다. 해 질 무렵 지리해수욕장에서는 마실 나온 염소 떼와 노을 구경도 했다.

다음 날 아침 일찍 범바위에 올랐다. 처음 이곳에 올랐을 때는 탄성을 금할 수 없었다. 드넓게 펼쳐진 망망대해, 엄청난 위용의 범바위를 보고 반나절 내내 그곳에 머물렀다. 그때를 떠올리며 안개를 헤치고 오른 범바위. 그러나 이것은 또 어쩐 일인지. 산 중간에 커다란 전망대를 만드는 공사가 한창이었다. 범꼬리, 혹은 작은 범바위라고도 불리는 곳에서 큰 범바위와 바다 경치를 보려 했으나 중간에 턱 하고 가로막은 전망대가 여간 거슬리는 게 아니다. 사방 천지가 모두 자연 전망대인데 굳이 인공으로 전망대를 만들어야 하는지 도대체 이해할 수 없었다. 그 광경이 거슬렸는지 어머니는,

"볼 줄 모르는 내 눈으로도 그런데 어찌 저리 생각 없이 일할까? 그래도 범 대가리 위에 짓지 않은 게 그나마 다행이네. 마 신경질 난다."

전망대를 짓기 위해 일하는 분들 또한 그랬다.

"우리야 돈 주니까 일하기는 하지만 전망대가 범의 허리를 잘라버렸으니 여간 신경 쓰이는 게 아니제."

무명을 밝히고

머무르고 싶었지만 마음이 편치 않았다. 곧 내려와 다시 당리 마을로 향했다. 최씨 부부는 우리에게 줄 마늘과 양파를 준비하는 중이었다. 마늘 출하를 해야 하는 이즈음 하필이면 제일 바쁠 때 와서 여간 미안한 게 아니다. 그런데 멀리서 바라보니 어머니와 아주머니가 마늘 포대를 사이에 두고 서로 승강이를 벌이고 있는 게 아닌가? 다가가 보니 마늘 값을 치르려는 어머니와 받지 않으려는 아주머니가 서로 돈을 주머니에 넣었다가 빼고 다시 넣어주고 하고 있었다.

어머니는 그랬다. 시골 마을을 지나면서 미나리를 비롯한 각종 채소나 과일을 살 때는 꼭 가격을 깎고 덤으로 더 달라며 애교도 부린다. 그러나 아는 사람에게는 절대 그런 법이 없다. 믿을 수 있는 물건을 산 것만으로도 고맙다며 늘 제값보다 더 쳐서 가격을 치른다.

한사코 받지 않으려는 아주머니를 뿌리치고 차에 올랐지만, 자동차를 막고서는 우리가 언제 돈 받으려고 그랬느냐며 부부가 기어코 돈을 되돌려주었다. 이리 바쁠 때 와서 쌩이질하는 것도 미안한데 어떻게 얻어 가겠냐고 도망치듯 나왔다. 받은 돈을 창문 틈으로 다시 내던지고는 저 멀리 빠져나와 손을 흔들었다. 다음에 또 찾아오겠다고 소리 질러 인사하고 청산도를 벗어났다. 최씨 부부는 다음에 꼭 다시 오라고, 마늘 출하 때보다 조금 일찍 와서 며칠 동안 묵으면서 같이 완두콩도 따고 놀다가 갔으면 좋겠다고 했다.

범바위를 보기 위해 오른 산에 전망대가 가로막고 있으니
드넓은 남쪽 바다를 바라볼 마음이 생기지 않았다.
어머니는 차라리 이제껏 달려온 길 따라
멀리 안갯속에 자리 잡은 당리 마을을 담고 싶었던 모양이다.

시골 인심이 예전만 같지 않다는 이야기를 한 번씩 듣는다. 그러나 청산도 사람들에게만큼은 허용되지 않는 말이다. 예나 지금이나 마을 사람들 심성은 그대로인데 아름다운 청산도가 점차 변해가는 모습이 안타까울 뿐이다.

하늘과 바다와 산이 푸르다고 해서 이름 붙은 청산도. 봄이면 바닷바람에 넘실넘실 춤을 추는 청보리가 청산도를 더욱 빛내주었다. 그러나 당리 마을 바닷가 언덕은 이미 유채꽃이 그 자리를 대신하고 있으니, 앞으로 청보리를 계속 볼 수 있을지 걱정스럽다.

서편제라는 영화로 유명해진 당리 마을의 황톳길은 마을 사람들이 일하러 다니기에 편하도록 한때 포장했었다. 그러나 영화 속 장면을 추억하던 사람들의 건의로 그중 일부 구간만 포장을 다시 뜯어내고 흙길로 만들었다고 한다. 그 때문에 멀리서 바라보면 조금은 우스꽝스러운 길이 돼버렸다. 물론 나도 흙먼지 폴폴 날리는 예스러운 그 길이 좋기는 하다. 하지만 그 길은 과연 누구를 위한 길인가?

관광객들의 편의를 위해서 그다지 쓸모없는 인공 조형물을 설치하며, 청산도의 자랑이던 청보리밭이 점차 사라지는 모습을 바라보자니 영 마음이 편치 않다. 불과 몇 년 전이었지만 내가 본 청산도의 옛 정취를 더는 느끼지 못하게 됐다. 하지만 그보다 더 걱정스러운 것은 오래도록 그곳에서 삶을 살아오신 분들에 대한 생각이다. 이곳을 찾는 외지인들이 마을 사람들의 순박한 마음만은 다치게 하지 않았으면. ♡

무명을 밝히고

천 년이 지나도 싹을 틔우는 연밥처럼

부여 궁남지

얼마 전 텔레비전에서 몇십 년 된 연밥이 싹을 틔웠다는 이야기가 나왔다. 실제로 이천 년 된 연꽃 종자가 발아한 예가 있다고 한다. 그 이야기를 듣고 어머니는 삼 년 전에 사 놓은 연밥을 꺼내 밑부분의 껍질을 살짝 벗긴 다음 항아리 뚜껑에 물을 붓고 몇 개를 넣어 두었다. 일주일이 지나지 않아 신기하게도 싹이 나왔다. 한 달이 다 되어갈 무렵 뿌리가 생기고 작은 잎이 나기 시작했다.

우리 집에는 연밥이 많다. 한 번씩 밥을 지을 때 껍질을 벗겨낸 연밥을 함께 넣어서 먹기도 한다. 그러나 집에 연밥이 많은 이유는 어머니가 연밥으로 염주를 만들기 때문이다. 어머니가 염주를 만들기 시작한 지는 벌써 십오 년이 넘었다. 염주를 만들기에 크기도 알맞고 연꽃이 가진 상징성 때문인지 어머니는 손수 연밥 염주를 만들어 지니고 다녔다. 내게도 하나를 주며 평소에 주머니에 넣고 다니면서 한 번씩 손으로 굴려주라고 했다.

어머니의 염주를 본 사람들은 이런 것은 처음 봤다며 너도나도 하나씩 만들어 달라고 한다. 어머니는 그렇게 염주를 만들어 사람들에게 나눠주기도 하고, 108 염주같이 만들기에 오래 걸리는 것은 얼마를 받고 팔아 여행 경비에 보태 쓰기도 했다.

그러나 받는 사람에게는 별것 아닌 것처럼 보이지만 사실 연밥으로 염주를 만드는 것이 보통 일이 아니다. 연밥 하나하나에 일일이 구멍 뚫기가 결코 쉽지 않다. 껍질이 아주 미끄럽고 딱딱해서 송곳으로 구멍을 뚫다가 손을 다치는 일이 부지기수다. 염주를 만들다 다친 손을 보니 안쓰러워 처음엔 그만두라 했지만 이젠 그러지 않고 있다. 조심조심 구멍 뚫을 때는 집중을 해야 하기에 잡념이 사라지고, 그것이 어머니에게는 참선이나 염불, 혹은 사경寫經하는 수행과 별반 다르지 않다는 생각이 들어서였다.

바느질도 마찬가지다. 공양주 보살들을 찾아다닐 때 어머니가 유심

무명을 밝히고

히 보는 것 중 하나는 옷이었는데, 옷이 몸에 맞지 않거나 낡았을 땐 손수 천을 사다가 옷을 만들어 드리곤 했다. 얼마 전에는 제주도에 계신 한 스님의 승복을 만드느라 고생했는데, 아무래도 스님이 입을 옷이니 어지간히 신경이 쓰였을 것이다. 두 벌을 만들려고 천을 넉넉하게 끊어 왔지만 하나를 만들고는 힘이 들어 더는 못하겠다고 했다. 염주를 만들고 법복을 만드는 일이 어머니에게는 보시 공덕을 통해 업장 소멸을 하고 결국 그 복을 자식에게 나눠주려는 것이니, 곁에서 바라보기에 안쓰럽지만 말릴 수도 없다.

한 번씩 사람들은 내게 전국을 다녀보니 어디가 제일 좋으냐고, 어느 절이 좋더냐는 질문을 많이 한다. 그러나 그 질문에는 마땅한 답을 해줄 수가 없다. 우리나라 모든 곳이 다 좋으니 그냥 아무 곳이나 가고 싶은 곳을 가라고 한다. 같은 장소라 해도 어느 계절에, 하루 중 어떤 시각에, 또 날씨에 따라 보이는 것이 아주 다르다. 사람마다 관심 있어 하는 것이 모두 다르고, 또한 그 사람의 마음 상태에 따라 느끼는 것도 다르다. 무엇을 보고 올 것이냐가 아니라 각자가 무엇을 느끼고 담아 올 것이냐 하는 문제다.

진흙 속에서 자라나 깨끗한 연꽃을 활짝 피우는 모습을 바라보면서, 세속의 더러움에 물들지 않고 부처님의 가르침을 받들어 더욱 정진해

"강화도 어느 절에는 연잎으로 국수도 만들어 먹고 활용을 잘하던데
여기는 어째서 그냥 방치해 놓나? 저기 연밥 좀 봐라.
가져가도 된다 하면 밥에다가 넣어서도 먹고 염주도 만들고 그럴 텐데,
아깝다. 아까워."
혹시 지키는 사람이 뭐라 하지는 않을까 싶어
한 번씩 오토바이를 타고 돌아다니는 사람의 눈치를 봐가며
길 가까이 열린 연밥을 꾀꾀로 따고 있다.

야겠다는 생각을 가질 수 있다. 꽃과 열매가 동시에 생겨나는 모습을 통해 인과因果의 도리를, 밤이면 꽃잎을 닫고 아침에 다시 활짝 피어나는 연꽃에서 생사生死의 윤회輪廻를 깨닫는 사람도 있다. 비 오는 날, 빗방울이 연잎에 하나둘 모였다가 가득 차면 다시 쏟아내는 풍경에서 집착을 버리고 무소유를, 작은 빗방울이 하나씩 모여 큰 물방울을 만들었다가 연잎이 쏟아내는 순간 다시 사라지는 것에서 생멸生滅을 이야기하는 사람도 있을 것이다.

내가 연밥의 단단한 껍질에서 싹을 지켜내려는 어머니의 숭고한 사랑을, 수백 년이 지나도 다시 싹을 틔우는 모습에서 사랑의 결실과 영원함을 느꼈다면 조금 과장된 느낌일까?

무더웠던 팔월이 지나고 구월의 첫날, 부여의 궁남지로 향했다. 이미 연꽃은 거의 지고 없겠지만, 일부러 때를 맞춰 간 것이다. 하늘은 파랗고 연잎도 시퍼렇고, 연꽃은 시들었겠지만 연밥은 여물었으니 어머니와 내가 한적하게 거닐다 오기 좋은 때다. 어머니가 길가 쪽으로 떨어진 연밥을 하나둘 주워담으며 즐거워하는 모습을 바라보니, 나 또한 오랜만에 더불어 행복했다. 저 많은 연밥을 따지도 않고 버려두느냐며 연신 아까워하셨지만 어쩌겠는가. 두어 시간 방죽을 걸어 다니다 아쉬운 마음을 뒤로하고 고란사와 대조사를 둘러보는 것으로 만족했다.

집으로 돌아와 책상 서랍에 놔두었던 염주를 꺼내 들었는데 서랍장

안이 시커먼 가루로 범벅됐다. 오랫동안 사용하지 않았더니 벌레가 먹고 썩은 모양이다. 어머니는 당신이 가지고 다니는 것은 멀쩡한데 왜 네 것만 그러냐면서, 혹시 친한 친구가 달라고 하면 주려고 만들어 두었던 것을 꺼내 보았다. 그중의 몇 개는 내 것과 상태가 같았다. 아마도 송곳으로 쉽게 뚫기 위해 여러 날 물에 불렸는데 채 마르지 않고 서랍장에 넣어두었기 때문일 것이다. 그러나 꼭 그런 이유만도 아닐 수 있다. 염주를 손으로 계속 돌리며 기원하는 그 정성과 마음이 부족했던 것은 아닐는지. 🌱

가슴속에 묻어둔 이야기

함양 극락사 터

가을은 화려함과 풍요로움의 계절이라고들 한다. 모든 것들이 결실을 보아 양적으로 풍성할 뿐 아니라, 곱고 다양한 색으로 자신들의 가장 아름다운 시절을 뽐내니 말이다. 그러나 봄이 오는가 싶으면 이른 여름이 다가오고, 가을 또한 가을답지 않으니 그것도 옛말이 돼버렸다. 거센 태풍이라도 지나가지 않으면 맑고 깨끗한 파란 하늘을 볼 수 없을 뿐 아니라, 제때 비가 오지 않아 열매는 부실하고, 늦가을이 돼도 좀체 기온이 내려가지 않아 나뭇잎은 말라 비틀어져 이젠 단풍 구경도

무명을 밝히고

예전만 못하다.

며칠 내내 짙은 안개가 온종일 세상을 덮었다. 봄철 황사 바람도 아닌데 뿌연 세상은 하늘도 들판도 제대로 된 가을을 보여주지 않으니 원망스럽기만 했다. 마침 어제 오후부터 바람이 세차게 불면서 날씨가 개기 시작해 모처럼 청명한 하늘을 볼 수 있었다. 해 질 녘 서쪽을 바라보니 구름 한 점 없는 깨끗한 하늘에 바알간 해가 산 너머로 지고 있었다. 모처럼 가을 분위기를 맛보려 길을 나서기로 했다.

새벽에 집을 나와 안성을 지나 천안쯤 다다르니 동이 트기 시작했다. 참으로 오랜만에 보는 아름다운 여명이었다. 운전하며 힐끗힐끗 동쪽 하늘을 바라보다가 문득 저것이 무슨 색일까 곰곰 생각해 봤으나 마땅한 색이 떠오르지 않았다. 어머니에게 저것이 무슨 색 같아 보이냐고 물었다. 한참을 생각하시던 어머니는,

"딱히 생각은 안 나는데 내가 보기엔 홍시색 같은데…."

나는 때때로 그런 질문을 받으면 주황색, 분홍색, 이렇듯 인간들이 만들어 놓은 정해진 색을 먼저 떠올리는데 어머니는 참으로 어울리는 딱 맞는 색을 골라냈다. 홍시색을 홍시색이라 표현하는 것만큼 맞아떨어지는 말이 또 어디 있겠는가?

함양의 옥산 마을 입구에 다다르니 이른 아침부터 마을 곳곳에서 콩

을 도리깨로 후려치고 방망이로 깨를 털고 있었다. 먼저 극락사 터를 찾았다. 마을 사람들에게는 미륵불이라 불리는 돌부처는 어찌 된 일인지 마을을 굽어살펴주지 못하고 등 돌린 채 야산을 바라보고 있었다. 부근 밭에서 발견된 것을 극락사 터라고 추정되는 현재의 위치에 옮겨 놓았다고 한다.

미륵불 옆에 있는 한 집의 감나무에 감이 주렁주렁 열려 있었다. 어머니는 길가에 떨어져 터진 감을 주워 한 입 먹어보고는 너무나 달다며 감 줍기에 정신이 없었다. 집 주인이 뭐라 할지 모르니 적당히 주우라고 하고는 감나무를 찍는데, 한 여자가 다가와서는 무엇을 찍느냐고 묻는다. 나무에 열린 감색이 고와서 찍는다고 했더니 뭐하려고 찍느냐 하면서 계속 말을 걸어왔다. 감 줍는 어머니와 내게 뭐라 한마디 하려는 줄 알았는데 오랜만에 만난 사람이 반가워서 그랬던 것이다. 나는 대답을 건성건성으로 했는데 그이의 말은 그치지 않았다.

작년에는 감이 많이 열려 올해엔 안 열릴 줄 알았는데 많이 열렸다고 했다. 오대산의 도토리도 그랬고, 대개의 꽃이나 열매들이 한 해에 풍성하면 다음 해에는 그리 많지 않은 법이다. 다른 집 감나무를 보니 정말 하나도 열리지 않았는데 유독 이 집 감만 많이 열려 있었다. 원래는 곶감을 만들어 팔았는데 올해엔 바빠서 할 시간이 없다고. 나이는 서른 살이라 하고 계약직으로 직장에 다니다가 정직원이 된 이틀

날 교통사고를 당해 얼굴을 많이 다쳤다고 했다. 뭐가 잘못됐는지 보상도 제대로 못 받고 회사도 다닐 수 없게 돼서 집에서 쉬고 있다고 했다.

나는 한마디도 묻지 않았는데 그이는 계속 이야기를 늘어놓았다. 말을 끊고 자리를 옮길 틈을 주지 않아 그저 이야기를 들어주는 수밖에 없었다. 그때 저쪽 골목에서 감 줍던 어머니가 돌아왔고, 어머니를 만나자 이야기를 늘어놓던 그이가 감을 따 준다며 장대를 가지고 와서 감을 따기 시작했다. 이젠 됐다고, 그만 달라 하는데도 한 바구니 가득 따서 먹으라며 내밀었다. 계속 있다가는 감나무의 감을 모두 딸 것 같은 그이 행동에 짐도 정리 못 하고 연신 고맙다는 인사를 창밖으로 건네며 서둘러 빠져나왔다.

아침에 홍시색 같은 여명을 만나서였는지 생각지도 않은 감 선물을 잔뜩 받았다. 풍성해진 먹거리만큼이나 마음도 푸근해져 남은 여행길의 발걸음도 한층 가벼워졌다. 처음 만난 이에게 이유 없이 자신의 것을 베푸는 그 마음이, 바라는 것 없이 주기만 하는 어머니의 마음과 다를 바 없었다. 말문이 터지니 묻지도 않는 말을 한껏 쏟아내는 그이의 행동이 이제껏 생각해보지 못한 어머니의 모습처럼 보였다. ▽

무명을 밝히고

다시 갈 수 있을까

어머니와 한가하게 이리저리 돌아다니다 보면 그 모습을 바라보는 다른 사람들은 늘 우리 모자를 부러워한다. 그러나 남들에게 비치는 모습처럼 여행을 다니면서 항상 좋은 모습만 보고 즐거운 일만 일어나는 건 아니다.

많은 절을 다니다 보니 어머니와 나는 대한불교 조계종의 신도증을 만들었다. 전국의 사찰을 입장료 없이 들어갈 수 있다고 했으나, 어떤 절들은 종단의 신도증은 쓸모없고 자신들의 사찰 신도증이 따로 있어야 한다고 해서 간혹 당혹스러운 경우도 있다. 절 앞마당까지 차가 들어갈 수 있는 곳에 가끔 차를 몰고 올라가려 하지만 입구의 민간 주차장에서는 주차료를 따로 받는다. 그곳에 세우지 않아도 내야 하니 일종의 통행료인 셈이다. 혼자 다닐 때는 그런 경우 언성을 높이기도 하고, 기분이 상해 아예 되돌아 나오는 경우도 있었다. 법당 안에서 사진을 찍는 것도 아닌데 단지 남들보다 조금 더 큰 사진기를 둘러메고 다닌다는 이유로 감시를 받는 경우도 있다. 주로 절집을 다니기에 한 번씩 겪는 이런 일들 말고도, 때론 가볍긴 했지만 자동차 사고가 나서 괜히 나왔다 싶은 적도 있었고, 찾아간 식당에서 쉰 음식을 내와 실랑이가 벌어지는 경우도 있다.

진달래가 만발했다기에 어머니가 좋아하는 향일암에 들렀다가 흥국사를 돌아보고 오후에 영취산에 올랐다. 나는 그때 멀리서 어머니의 모습을 비디오에 담고 있었는데 산 정상에서 내려오던 사람 중 하나가 갑자기 비디오 앞으로 얼굴을 쑥 들이밀더니

"어~ 이 비디오, 찍히는 거구나?" 하고는 실실거리며 내려가는 것이다.

이미 그 일행들이 내려오면서 비디오 찍는 것 장난이나 칠까 하는 이야기를 들은 터다. 나는 설마 그러리라고 생각지도 못했고, 하도 어이가 없어 말을 잊었다. 술도 한잔 걸친 것 같기에 그냥 내려보내고 하

무명을 밝히고

던 일을 다시 하려 했는데 도저히 분통 터져 가만히 있을 수가 없었다. 작업을 그만두고 밑으로 내려와 그 사람에게 사과하라고 했다. 이 사람은 되레 내 멱살을 잡으며 소리를 지르니 기가 막힐 노릇이었다. 내가 대들자 이번엔 주변에 있던 일행 대여섯 명이 나를 꼼짝없이 붙드는 게 아닌가. 그때 마침 맞은편 산에 올랐던 어머니와 아버지가 내려오셨다. 자식이 여러 사람에게 둘러싸여 봉변당하는 모습을 보고 부모님이 따지자 열 명이 넘는 사람들이 아버지와 어머니를 막고 섰다. 모두 같은 산악회 사람들이었는데 울분이 터져도 마음뿐, 사람들이 내 몸을 꼭 붙들고 있으니 분통만 터질 노릇이었다. 몸이 풀려나자 흥분을 주체하지 못한 나는 주변을 돌아봤다. 돌멩이라도 있으면 집어 던지고 싶은 마음이었다. 자동차로 가서 평소 가지고 다니던 모노 포드를 꺼내 들고 가만두지 않겠다며 달려갔다. 그때 소리를 지르며 어머니가 말렸다.

"니가 참아라. 싸우면 너도 똑같은 사람 된다. 저런 정신 나간 사람들 상대해서 뭐하냐?"

"신고해서 잡아간다 해도 조사받으려면 경찰서 가서 있어야 하잖아. 그럼 너는 일은 언제 할래? 이 먼 곳까지 와서 일도 못 하고 또 내려올 수도 없잖아. 제발 참아라."

사지가 부들부들 떨리고 울분을 참기 힘들었지만 어쩔 수 없었다.

나는 그때 받은 충격으로 여수를 오 년 동안 찾지 않았다. 부닥뜨린 사람들이 문제였지만 여수에 가면 그 기억이 떠오를 것 같아 갈 엄두가 나지 않았다. 여수는 영월과 창녕에 이어 내가 좋아하고 즐겨 찾는 곳 중 하나였다. 봉화산 봉수대에 새벽같이 올라 해돋이를 보고, 지금은 다리가 놓였지만 예전에는 배를 타고 들어가 한가히 거닐었던 백야도, 흥국사에 가면 온갖 석조물들과 법당 외벽에 그려진 흐릿한 벽화들. 순천만 갈대밭을 거닐다가 와온마을에서는 노을을 구경했다. 자산공원에 올라 일출을 바라보고, 숲 속에 숨어 있어 알고 찾아가지 않으면 길가에서는 보이지 않는 숨은 절 은적암…. 여수에서는 어느 곳을 가든지 오래 머물렀다. 늘 바쁘게 볼거리를 찾아다녔던 다른 곳들과 달리 이곳에서는 여유로웠다. 여수는 그런 곳이었다.

요즘은 평일에도 등산하는 사람들을 많이 볼 수 있다. 그런데 어쩐 일인지 몇 해 전과 비교하면 산에서 술을 마시는 사람들이 부쩍 많아진 듯하다. 옆으로 지나가면 술 냄새가 확 풍기고 때론 걸음도 제대로 못 걷는 만취한 사람들이 시비를 거는 모습도 간혹 본다. 물론 산에서 만나는 사람들이 모두 그런 것은 아니다.

들판을 걸어 다니거나, 바닷가를 거닐거나, 계곡에 발을 담그고 있거나, 절터에 온종일 앉아 있어도, 내게 관심을 가지거나 말 한마디 붙이는 사람은 없다. 반면 산에서 내려오는 사람들은 "조금만 더 올라가

무명을 밝히고

면 됩니다. 힘내세요."라는 말들을 잊지 않으니 한 번씩 그런 말을 들으면 고마운 마음이 들 때가 있었다. 적어도 산을 오를 때는 내가 혼자가 아니라 사람들 속에 있구나 하는 생각이 든 적이 많았다. 그러나 이제는 여수뿐 아니라 산에도 잘 오르지 않게 됐다.

슬프다. 아주 슬프다. ♡

효자는 날을 아끼는 것이다

며칠 동안의 남도 여행을 마치고 집으로 돌아오는 길에 화순을 지나게
됐다. 마침 점심때가 돼서 오랜만에 점심을 해 먹자며 장소를 물색했
으나 마땅한 곳이 눈에 띄지 않았다. 결국 다다른 곳은 화순 적벽의 물
염정勿染亭이다.

　일찍이 다산 정약용은 남쪽 지방에서 경치가 뛰어난 곳 중 하나인 물
염정에 가보려고 두세 번 마음 먹었으나 뜻을 이루지 못했다고 한다.
또 갈 날을 잡는데 보름날을 기다려서 파도에 달이 비치는 것을 보자

는 사람도 있었다고 한다. 그러자 정약용이 말하기를,

"무릇 유람하려는 뜻이 있는 사람은 마음먹었을 때 용감하게 가야 하는 것이다. 날짜를 잡아 가기로 마음먹으면 우환과 질병이 일을 그르치게 된다. 더구나 구름과 비가 달을 가리지 않는다고 보장할 수 있겠는가?" 하며 바로 그날 물염정을 찾았다. 그윽한 경치를 느끼며 시를 짓고, 이리저리 거닐면서 이야기를 나누느라 해가 기울어 가는 것도 알지 못했다고 한다.

물염정 아래 잔디밭에 자리를 폈다. 적벽을 바라보며 밥을 지어 먹은 뒤 가까운 곳에 있는 담양의 소쇄원으로 향했다. 소쇄원은 조선 중기의 대표적인 원림園林으로, 소쇄옹 양산보梁山甫(1503~1557)가 조성했다. 양산보는 조광조의 문하에서 공부했는데, 열일곱 살 되던 해에 스승이 죽자 벼슬길을 등지고 고향으로 돌아왔다. 그 후 평생 세상에 나가지 않고 학문에 힘쓰며 지역 선비들과 교류하고 자연을 벗 삼아 지냈다고 전한다.

오백 년이 지났건만 예나 지금이나 소쇄원 입구의 바람 소리는 변함없는 듯했다. 대나무 숲길이 긴 터널을 이루고 있어 바람에 춤추는 댓잎의 살랑거리는 소리가 이른 여름의 더위를 씻어주었다. 조금 더 걷다 보니 청량한 계곡 물소리가 들리며 왼쪽으로 광풍각이 바라보이고 그 뒤로는 제월당이 모습을 드러냈다.

아, 어머니가 꿈꾸던 곳이 바로 여기가 아닐까. 본디 정원이 담벼락으로 갇힌 공간에 인공적으로 만들어진 곳이라 한다면, 소쇄원은 흐르는 물길조차 막지 않고 그 위로 담장을 지었다. 그렇게 최대한 자연의 모습을 살리면서 그곳에 어울리는 건축물들을 지어 놓았으니 자연과 인공이 어우러진 최고의 원림이 아닐 수 없다.

소쇄원을 만든 양산보는 효성이 매우 지극했다고 한다. 언제든지 부모 곁에 있으면서 환한 얼굴로 부모님 말씀에 순종하며 아침저녁으로 인사드리기를 게을리하지 않았다고 한다. 그는 평소에 "사람에게는 부모에게 효도하는 것보다 더 큰 것이 없다. 자식 된 자로서 부모에게 효도를 못 하는 자를 어찌 사람이라 할 수 있겠느냐."라며 효를 인간의 최고 덕목으로 삼았다.

한漢나라 때 양웅揚雄이 지은《법언法言》의 '효지孝至'에는, "마음대로 오래 할 수 없는 것은 어버이 섬기는 일을 이름이니, 효자는 날(해)을 아끼는 것이다.不可得而久者 事親之謂也 孝子愛日"라는 말이 있다. 이렇듯 효심이 깊었던 옛사람들의 글을 보면 유독 '해日'나 '볕陽'과 같은 단어가 많이 나온다. 이는 살아갈 날이 얼마 남지 않은 부모에 대한 애틋한 마음을 표현한 것이리라. 하루하루 오늘이 쉽게 지나가는 것을 애석해하며, 할 수만 있다면 아침에 떠오른 해를 붙잡아서라도 세월을 막고 싶은 마음이었을 것이다.

무명을 밝히고

소쇄원에 있는 애양단愛陽壇 또한 마찬가지다. 추운 겨울날 시냇물은 얼어 있어도 애양단 위의 눈은 녹았다고 하니 '볕'은 그만큼 따뜻한 부모의 사랑을 말하는 것이고, 애양단은 그런 부모를 생각하며 그리워하는 장소다.

소쇄원에 와서 어찌 시원스런 물소리와 조경, 정자만을 둘러보고 갈 수 있을까. 예전에는 부훤당이라는 건축물도 있었다고 한다. '부훤負暄'이란 햇볕을 쬐는 일을 말하니, 애양愛陽과 마찬가지로 아마도 부모에 대한 따뜻한 마음을 담은 정자였을 것이다. 하지만 지금은 사라지고 없어 빈터만 바장이다가 발길을 옮겼다.

어머니가 광풍각에서 계곡 물소리를 들으며 쉬는 동안 애양단으로 향했다. 그곳에서 다시금 양산보를 떠올렸다. 그는 〈효부孝賦〉에서 효의 근본정신에 대해 이야기했는데 다음과 같은 대목이 있다.

> 언제나 나고 들 땐 먼저 뵈오며
> 즐거운 얼굴로써 매양 받들어
> 금슬 좋게 처자를 어루만지고
> 단란하게 형제를 이끌어 나가
> 그 가운데 화목한 바람 일으켜
> 한 집의 봄을 고이 이끌어가네

소쇄옹은 화목하고 단란한 가정을 꾸리는 것이 무엇보다 중요한 효도의 길임을 얘기하고 있다. 순간 먹먹해졌다. 정작 중요한 그것을 이제껏 하지 못하고 있으니 말이다. 부모의 입장에서 자손이 화목하게 사는 모습을 보는 것, 그 이상의 행복이 있겠는가. ▨

무명을 밝히고

차마 입에 댈 수가 없습니다

❧ 아산 외암리 ❧

아무리 먼 길을 다니더라도 어지간해서는 고속도로 휴게소에서 군것질을 하지 않는데, 하루는 옛 생각이 나서 오랜만에 호두과자 한 봉을 샀다. 마땅한 주전부리가 없던 어린 시절 천안 근처의 휴게소에서 맛보는 호두과자는 대단한 명물 먹거리였다. 그래서 시골에 다녀올 때면 오랜만에 친척을 만난다는 기쁨보다도 호두과자를 먹을 수 있다는 설렘이 더 크기도 했다.

외식이라고 해봤자 집 근처 중국집에서 자장면 한 그릇 먹는 것만으로도 뿌듯하고 자랑거리가 되던 시절이었다. 방바닥에 떨어뜨린 음식을 주워 먹는 것은 당연했고, 반찬 투정을 하거나 밥을 남기는 것은 용납되지 않았다. 전쟁 시절을 겪은 부모님으로서는 배곯는 모습을 많이 봐왔을 테니, 굶지 않는 것만으로도 감사하며 살아야 한다는 말씀을 늘 하셨다. 그 때문인지 나는 음식은 맛으로 먹는 게 아니라 그저 몸을 지탱하기 위해 먹을 뿐이라는 생각을 해왔다.

그러나 그것도 이제는 먼 옛날 얘기가 돼버렸다. 어디를 가도 맛나고 다양한 음식점들이 즐비하고 우리들의 입맛 역시 아주 고급스러워졌다. TV를 켜면 하루에도 대여섯 군데의 맛집들이 소개되니, 지난 몇 년 동안 소개된 음식점들만 해도 아마 전국에 있는 식당의 절반은 될 것이다. 그만큼 요즘 사람들이 먹거리에 관심이 많다는 얘기다. 두세 시간은 기본이고 대여섯 시간 걸리는 곳이라도 마다치 않고 음식 하나를 먹고 오는 그 정성을 보면 대단하다는 생각이 든다. 강산이 서너 번 바뀌었을 뿐인데, 먹거리에 대한 생각이 이렇게 달라진 것이 새삼 낯설게 느껴진다. 그저 배고픔을 달래기 위해 먹던 시절이 있었고, 맛난 것을 먹기 위해 고생도 마다치 않는 요즘. 그런 생각들과는 또 다르게 음식을 대했던 사람이 있었으니, 그는 조선시대 우성서禹聖瑞(1632~1669)라는 사람이다.

무명을 밝히고

그는 어린 나이에 특별한 가르침을 받지 않았음에도 부모를 공경하고 사랑하는 마음이 애틋했다고 한다. 여섯 살 때 친구들과 과수원에 가서 과일을 얻어도 함께 먹지 않고 반드시 집으로 돌아와 부모님께 먼저 드렸는데, 부모가 어째서 먹지 않고 가져왔느냐고 하면,

"부모님 생각이 나서 감히 먹을 수가 없었습니다."

하루는 집에서 우렁이 국이 반찬으로 나오자,

"내가 듣건대 이 우렁이는 어미를 죽이고 세상에 나온다 하니 차마 입에 댈 수가 없습니다." 하며 먹지 않았다고 한다.

아, 우렁이에게 그런 사연이 있었던가. 내게 있어 이제껏 '우렁이' 하면 떠오르는 것은 우렁각시 설화뿐이었다. 한때 나는 어머니를 우렁각시라 여겼던 적이 있다. 부산에서 자취할 때 어머니는 한두 달에 한 번씩은 부산에 내려오셨다. 다섯 시간 기차 타고 와서 내가 다니던 직장에 들러 집 열쇠를 받아가지고선 그때부터 일을 시작했다. 제일 먼저 근처 시장에 가서 장을 보고 반찬을 만들며, 방 청소와 욕실 청소, 속옷을 삶고 이불빨래까지, 그 모든 것을 불과 하루 만에 뚝딱 해치우고는 다음 날 저녁에 바로 올라가셨다. 집에 돌아오면 깨끗해진 자취방에, 한 달 치 먹을 반찬들, 뽀송뽀송한 이불과 속옷, 다림질된 옷을 보며 우렁각시가 다녀갔네 하고는 혼자 웃었던 기억이 있다.

그런데 우렁이는 자신의 살을 먹여 새끼를 키운다고 한다. 한 점의 살도 남김없이 먹이로 주고 자신은 빈껍데기가 돼서 물에 떠내려간다

고 한다. 어머니는 수년 동안 무거운 짐을 짊어지고 부산까지 먼 거리를 마다 않고 다녔으니 아마도 그때 골병이 들었을 것이다. 어여쁜 우렁각시가 살림만 해놓고 간다 생각했는데 실은 자기 살을 깎아내는 우렁이의 모성母性이었던 것이다.

반포지효反哺之孝. 까마귀는 태어나서 60일 동안은 어미가 먹이를 물어다 키우고, 자라나면 새끼가 어미를 같은 기간 동안 먹여 살린다고 한다. 한낱 미물조차도 자식의 도리를 다하고, 여섯 살의 나이에 먹는 것조차도 함부로 하지 않았던 우성서라는 선비를 생각하면 말없이 고개만 떨궈질 뿐이다.

착잡한 마음을 달래려 봉곡사 가는 길에 펼쳐진 솔숲을 걸어봤으나 군데군데 일본강점기의 흔적이 남아있는 상처뿐인 소나무를 바라보자니 마음이 더 무거워졌다. 근처에 있는 외암리 마을로 발길을 옮겼다. 허나 예스러운 민속 마을의 아름다운 풍경도 눈에 들어오지 않고 조선시대의 효심 깊었던 어린아이가 내내 머릿속에 맴돌았다.

어느 날 소학과 효경을 다 읽고 난 우성서에게 다른 책을 주자,
"사람 되는 도리가 모두 여기에 실려 있는데 다른 데서 구할 필요가 있겠습니까. 더 익숙하게 복습하겠습니다."라고 했으니, 어찌 열 살도 안 된 어린아이의 말이라 할 수 있겠는가.

무명을 밝히고

어쩌면 우리가 배워야 할 것 중 대부분은, 우성서처럼 지금의 유치원을 다닐 무렵의 나이에 이미 다 배운 건 아닐까. 삶을 살아가는 데는 굳이 많은 배움이 필요하지 않다. 도둑질과 거짓말을 하지 않고, 살생을 금하며, 주변 사람을 사랑하고, 자식 된 도리를 다하는 것. 이미 누구나 다 알고 있는 사실들을 익숙하게 자기 것으로 만들어 잊지 않고 실천하며 살아가는 삶.

맑고 향기로운 세상은 그렇게 오는 게 아닐까. ▨

언제 쓰나 했는데 우째 잘 나왔나?

진도 금골산

한 번씩 길을 떠나면 당일에 돌아오는 경우도 있으나 전라도나 경상도
에 갈 때는 무리하지 않고 며칠을 보내고 오기도 한다. 그렇게 다니다
보니 늘 먹거리가 신경 쓰이게 마련이다. 하루이틀이야 도시락을 싸가
거나 한두 끼 정도 사 먹을 수 있으나, 며칠씩 식당 밥을 먹다 보면 입
에 안 맞는 경우도 있어 언젠가부터 밥을 해먹기 시작했다. 아침과 저
녁은 숙소에서 몰래 밥을 지어먹고, 점심은 아침에 남은 것을 먹거나
경치 좋은 곳에서는 야외에서 해먹기도 한다.

무명을 밝히고

어느 날은 완도에서 하루를 자는데 아침부터 어머니가 미역국을 끓이고 계셨다. 대충 먹지 뭐하러 번거롭게 국을 끓이냐 하니,

"오늘이 니 생일이다. 알기나 하니?"

나는 생일을 잊은 지 오래다. 그런데 문제는 부모님의 생신까지도 잊고 있었다는 사실이다. 부산에서 팔 년여 혼자 자취 생활을 하다 보니 더더욱 그랬다. 용돈이나 선물까지는 아니더라도 전화 한 통 하는 것이 어려운 일이 아닌데, 내가 나의 생일에 무관심하다 보니 부모님의 그날까지도 어느 순간부터 잊고 살아왔다. 지난 사십여 년 동안 정작 무엇을 하고 살았는가 하는 생각이 들었다. 이제라도 챙겨야겠다는 생각에 어머니의 생신이 다가오면 무엇을 사다 드릴까 물어도 아무것도 필요 없다는 말씀뿐.

"니가 그럴 돈이나 있냐? 더 늦기 전에 아무 데나 취직이나 해라."

내 처지에 더 얘기해봤자 서로 상처만 받을 것 같아 그만두고 말았다.

그러던 어느날이다.

"야야, 나도 사진이나 배워볼까? 예쁜 꽃 보면 찍고도 싶은데 내가 배우면 잘 나오겠나?"

"예전에 봉정암에 갔을 때는 아따, 구름이 온 산을 다 덮으면서 지나가는데 어찌나 이쁘던지. 그때는 카메라 한 대 있었음 좋겠다 싶더라."

함께 다니며 내가 촬영하는 동안 어머니는 심심해하는 경우가 많았

으니 그것도 괜찮겠다는 생각이 들었다. 예전과 달리 필름이 필요하지도 않아 맘 놓고 찍을 수가 있으니 더더욱 좋겠다 싶었다. 몇 해 전 봄, 디지털 사진기 한 대를 사서 어머니에게 드렸다. 부끄러운 이야기지만 그것이 내가 어머니께 해드린 첫 생신 선물이었다. 비싼 것을 뭐하러 샀느냐고 핀잔도 주고, 당신이 이걸 잘 사용할 수 있겠냐며 걱정도 하셨다. 그렇지만 며칠 후 친구분들과 영암의 월출산에 다녀오셨는데 무위사에서 동백과 수선화뿐 아니라 탑과 법당도 예쁘게 찍어오셨다. 비록 처음 사진기를 접하는지라 수평이 맞지 않아 어색하긴 했지만 돌아다니면서 다른 즐거움을 가지게 됐으니 그것으로 족하다.

"야야, 그것도 몇 번 찍고 나니까 이젠 별 재미없다. 생각한 데로 잘 나오지도 않고. 꽃을 가까이서 찍을라면 왜 이렇게 뿌옇게 안 나오는지 모르겠네."

그 얘기를 듣고 가까이서 찍는 접사 기능을 알려드렸지만, 사실 아주 가까운 거리에서 사진을 찍는 것은 나조차도 어려운 일이니 그냥 대충 찍히는 것만 찍으라 했다. 그러나 생각한 대로 잘 찍히지 않자 싫증을 느꼈는지 그 후로 사진기는 어머니의 서랍장에 있기 일쑤였다.

남해와 하동 쌍계사 가는 길의 벚꽃이 서서히 지기 시작하는 봄날, 진도로 향했다. 어머니는 혹시 바닷물 갈라지는 곳에 가냐며 한껏 들떠 있었다. 처음 이곳을 찾은 이십 년 전에는 사월에 바닷물이 갈라지는 진풍경을 볼 수 있었는데 올해는 그렇지 않았다. 비록 그 모습은 보지 못하지만 여기까지 와서 그곳을 둘러보지 않을 수는 없어 모도라는 섬이 보이는 마을로 갔다. 예전과 달리 주차장을 새로 만들어 놓고 높은 언덕 위에는 전망대도 세워져 있었다. 마침 물이 빠질 때라 희미하게 바닷길이 보이고 있었다. 그곳에 머물며 잠시 바다 구경을 하다가 운림산방과 쌍계사를 둘러보고 세방낙조를 보러 갔다. 우리나라에서 노을이 가장 아름답다는 곳 중 하나다. 마침 날씨가 좋아 해가 바다 위로 풍덩 빠지는 모습을 볼 수 있었으나, 어머니는 그동안 다니면서 많이 봐왔던 풍경이라 이젠 별 재미가 없다며 심드렁했다.

진도 읍내에서 하룻밤을 자고 아침 일찍 금골산으로 향했다. 그동안 몇 차례 진도에 들렀지만 나와는 인연이 없는지 늘 눈으로만 보고 갔던 곳이다. 그곳에 마애불이 있는데 다음에 가야지 하면서 늘 미뤄왔기에 이번만큼은 꼭 만나고 싶었다.

마을 입구에서 쳐다보니 참으로 험한 곳에 자리 잡은 마애불이기에 내심 걱정이 됐다. 어머니는 나보다 산을 더 잘 탄다. 바위 사이사이를 폴짝폴짝 뛰면서 재미있어한다. 그러나 나는 언제부터인지는 몰라도 고소공포증 때문에 걱정이 이만저만이 아니다. 평소 촬영 때문에 높은 곳에도 자주 오르지만 어찌 된 일인지 나이를 먹어갈수록 그 증상은 더욱 심해지고 있다. 난간이 없는 곳은 삼 층짜리 건물에서도 쉽사리

아래를 내려다보지 못할 지경에 이르렀다. 마음먹기 나름이라고 굳게 결심해 보지만 일단 그 자리에 서면 저절로 다리가 후들거리고 현기증이 나니 도저히 어찌해 볼 도리가 없다.

한적한 숲길을 올라 정상쯤에 다다랐다. 아래로 진도 읍내 전체가 바라보이는 경치가 아주 좋은 곳이었다. 그러나 그것도 잠시뿐, 조금 가파른 바위에 난간이 있었는데 그곳에서 그만 발걸음이 딱 멈추고 말았다.

"아이구야, 아침에 밥도 많이 먹었는데 왜 이리 어지럽나 모르겠다. 여까지 올라와서 안 가 볼 수도 없고…. 숨 좀 가라앉히고 가야겠다." 말은 이렇게 했지만 이미 다리가 풀려버렸다. 바로 밑이 절벽이긴 해도 튼튼한 난간이 있어 걱정할 필요는 없었지만, 근처에도 가지 못하겠으니 큰일이었다.

"그럼 니는 여기 있어라. 내가 가 보고 올게. 그 마애불은 꼭 찍어야 되나? 내가 가서 찍어올까?"

잠시 숨을 고른 어머니는 당신이 먼저 가보고 영 힘들겠다 싶으면 오지 말라고 전화할 테니 여기서 좀 쉬고 있으라신다. 알겠다고, 조금만 쉬고 갈 테니 먼저 가시라고 말은 그렇게 했다. 하지만 오늘은 어찌된 일인지 증상이 더 심해져서 마음속으로는 이미 가는 것을 포기했다. 한참이 지났는데 아무리 기다려도 오시지 않아 뱃숨을 쉬며 가 보기로 작정하고 막 일어서려니 전화가 울렸다.

"야야, 니는 올 생각도 마라. 밑으로 내려가는 길은 발 디딜 곳도 없어 혼났다."

그런데 아직 안 오고 뭐하시냐 하니,

"다시 올 수 없으니 사진 찍고 있다. 햇빛도 안 들고 우째 찍어야 할지 몰라서 되는대로 막 하다 보니 이제야 다 찍고 올라갈라 한다."

"괜히 나 겁줄라고 일부러 오지 말라고 한 거 아니야?" 했더니, 산을 잘 타는 어머니임에도

"야야, 나도 다시는 오기 싫다. 맘에 안 들면 니가 다시 갈까 봐 멀리서도 찍고 가까이서도 찍고 했는데 우째 잘 나왔나 모르겠다. 나는 그 바위에 구멍이 숭숭 뚫린 게 신기하던데…."

그동안은 기껏해야 하루에 열 장 정도였는데 메모리 카드를 다 썼으니 육십여 장이나 찍어 오셨다. 혹시 내가 반드시 그 사진이 필요할까 싶어 요리조리 다양하게 담아오느라 그토록 시간이 오래 걸린 것이다. 땀 좀 식히라 하고 어머니의 사진을 보니 정말 좋았다. 멀리서, 가까이서, 얼굴만 확대하기도 했을 뿐 아니라 구멍 숭숭 뚫린 바위와 마애불을 함께 넣어왔는가 하면, 이제껏 한 번도 시도해보지 않은 세로 사진까지도 찍어 오셨다.

그냥 남도의 봄 구경을 하러 왔을 뿐인데 어머니는 내가 그 마애불을 찍으려 이 먼 곳까지 온 줄 알고 허탕 칠 수 없다며 그리하신 것이

금골산 마애여래좌상 ⓒ 정영자

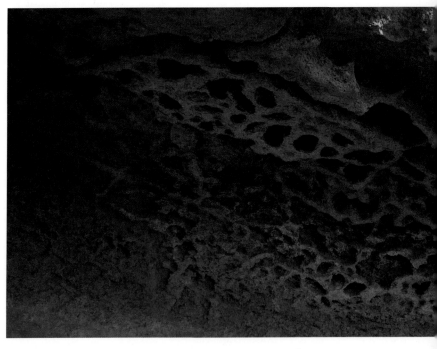

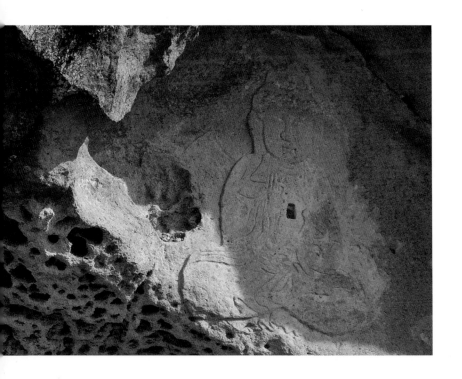

"내사 마 제대로 나왔는지 모르겠다. 괜히 헛고생한 거 아니야?"

"나는 마애불만 찍었을 텐데 엄마는 이렇게 특이한 바위까지

찍을 생각을 어떻게 했어? 정말 잘 찍어왔네."

"진짜야? 그럼 다행이네. 나는 이 카메라 뭐할라꼬 샀나 했는데 이번에 요행케 잘 썼네.

이번에 여까지 내려온 차비 생각하면 본전은 뽑았나?"

다. 눈물이 핑 돌았다. 죄송스럽기도 했지만 이내 마음을 편히 먹기로 했다. 최근 들어 음식 맛을 잘 보지 못하고 기억도 가물가물하다면서 나이를 먹어갈수록 점점 쓸모없는 사람이 되는 것은 아닌가 농담 섞인 말씀을 한 번씩 하신다. 그런데 아직도 당신이 자식을 위해 해 줄 수 있는 일이 있다는 것을 알게 해 드렸으니 그것으로 다행이지 않냐며 혼자 위안으로 삼았다.

그 후로 나는 아주 뻔뻔한 생활을 하고 있다. 혼정신성昏定晨省이란 말이 무색하게 방 청소는 아버지 몫으로 남겨두고, 어머니는 내 잠자리를 봐주는 것은 물론 이젠 자리끼까지 준비해주고 있다. 세상에 이런 불효자가 또 있을까. ▨

무명을 밝히고

불목하니

방송국에 있을 때 부산 근교 사찰을 소개하는 코너를 맡아 취재하러
다닌 적이 있다. 언양의 석남사를 지나 밀양 쪽으로 향하다가 작은 암
자를 만났는데, 그리 잘 알려지지는 않았지만 입구의 계곡과 폭포가
좋은 매우 한적한 절이었다. 마침 스님은 출타 중이었고, 허리가 구부
정한 노보살님이 한 분 계셨다. 그이는 절 살림을 맡아 하는 불목하니
였다. 일하고 계신 중이라 방해가 되는 것 같아 많은 이야기는 나누지
못하고 그렇게 잠시 스쳐 간 인연이었다.

그곳을 다시 찾은 것은 2003년, 어머니와 함께였다. 세월이 많이 흘렀고 노보살님도 여든둘의 나이가 되었으니 예전보다는 기력이 많이 약해 보였다. 그분은 삼십 년 넘게 절 살림을 돌보고 계셨는데 이곳에 온 지도 십팔 년이 됐다고 했다.

"절 정문 앞에 딱 발 디디는 그날부터 내 몸 애껴가지고 내 할 일이 따로 있다 이게 아니고, 부처님한테 절하는 것만 기도가 아니다. 흙 메 주고 도량 가꿔 주는 것도 기도다. 그거부터 딱 떠오르데요. 딱 떠오르니까네 그 길로부터는 반찬만 딱 해주고는 낫 들고 호맹이 들고 절을 살리기 위해서, 아침 식전에 나가 가지고 풀 약을 치고, 아침 묵고 인제 또 논 서 마지기를 인자 내 손으로 농사를 졌는데…."

절 살림을 도맡아 하는 것만으로도 벅찼을 텐데,

"처음 와가 한 이삼 년 동안은 저기 밀양 사람도 여기 모르더라꼬. 우짜다가 와 보고 아휴 좋다 그러고는 자꾸 울산서도 오고 부산서도 오고, 그래가 인자 차차 사람이 어찌 들이미는지 저녁에 12시에도 오는 기라. 토요일 날 저녁에는. 그래 저 밑에 길가에서도 자고 텐트도 치고, 낸중에는 마 알라를 데꼬 와가, 할매요, 우짜는교 하면 우리 방에는 다 잘 수도 없고 이불을 줘가 마당에서 자고 그랬어요. 아침에 자고 나면 삽을 들고 나가야 됩니더. 얼라들이 똥을 아무 데나 싸서 삽을 들고 나가가 쳐야 되고 아이구야 지쳤어요. 그래 가지고 씨레기 갖고 가라 하면 저 밑에 폭포 밑에 한쪽 구석에 거다가 디리 쳐옇는 기라."

웬만한 공양주 보살이었다면 아마도 버티지 못하고 떠났겠지만 노보살님은 그러지 못했다. 절의 주지 스님이 다름 아닌 둘째 아들이었기 때문이다. 노보살님은 그렇게 스님을 따라 통도사, 경기도의 한 암자, 다시 이곳 밀양으로 삼십 년 넘게 스님의 뒷바라지를 하며 살아오셨다. 밥 짓고 빨래하는 것 말고도 밭을 일구거나 주변의 청소까지 마다치 않았으니, 그것은 아마도 둘째 아들인 스님이 수행에만 전념할 수 있도록 하는 마음에서였을 게다.

출가하신 스님들 이야기를 들어보면, 부모님이 먼저 스님이 되고 이어 자식이 머리를 깎는 경우가 있고, 아들이 먼저 출가한 후 어머니가 따라서 출가하기도 한다. 스님이 된 아들이 나중에 어머니를 절로 모셔와 함께 살기도 하며, 밀양의 노보살처럼 스님의 뒷바라지를 위해 공양주 보살을 하는 경우도 있다. 때론 모질다시피 속세와의 인연을 끊고 부모나 자식을 남겨두고 출가하기도 하겠으나, 그렇다고 부모에 대한 마음, 자식에 대한 사랑까지도 끊을 수 있겠는가.

노보살을 보고 있으니 어머니의 얼굴이 겹쳐 떠올랐다. 함께 절을 밟자는 이유 하나만으로 따라 나서기는 했으나, 세상 좋은 꽃구경 다 하고 다니는 것도 좋겠으나, 그것은 아들의 고생을 함께 나누고픈 모정이 있기에 가능한 일이었다. 밥은 굶지 않는지, 운전하면서 졸지는 않는지, 험한 산에 올라 길을 잃지는 않을지, 곁에서 보살펴주고픈 마음. 아

무명을 밝히고

직도 어머니 눈에 아들은 반평생을 넘긴 산전수전 다 겪은 중년이 아니라, 그저 물가에 내놓은 아이 마냥 바라보는 것만으로도 안타까운 품 안의 자식일 뿐이다. 그래서 그렇게 보살피고 또 보살피는 것이겠지.

노보살님의 연세가 많아 절 살림을 어찌 꾸려가나 싶었는데 다행히 젊은 공양주 보살이 와서 돕고 있었다. 그이는 내 사진기를 보고,

"노보살님, 여 사진 하나 찍으시소. 읍내까지 나가는 것도 어려운데."

나는 영정 사진을 찍어드리고, 어머니는 노보살님과 공양주 보살이 입을 법복 두 벌을 만들어 두어 달 뒤에 다시 절을 찾았다.

"마, 이 세상에 부러운 게 없십니더. 전신에 잘 사는 것도 안 부럽고, 이 세상에 마 돈 있는 사람들 억수로 잘해 놓고 사는 거는 안 부러워요. 왜 돈을 저리케 쓰나. 저 갖다가 썩쿠는 돈, 돈 없어가 공부 몬 하는 애들 이런 데다 좀 보태주면 얼마나 좋아. 그래 여 우리 스님도 봉사를 많이 해. 내 쓸 끼 없어도 누가 없다 카면…."

노보살에게는 그저 자식의 곁을 지키며 함께 살아가는 것, 그 이상 어떤 부귀나 영화도 필요치 않아 보인다. 자신의 삶이 끝나는 순간까지도 그런 마음일 것이고, 처음 만난 낯선 이에게조차 자식 자랑도 잊지 않는다. 어디 이분뿐이겠는가? 세상 어머님들 마음은 모두 똑같다. ⓥ

다 같은 부처님 마음

위도 내원암

우리에게 '신'은 감히 범접할 수 없는 대상이 아니라 삶 가까이 늘 함께 있는 존재다. 대표적인 것이 마을 어귀에 한 그루씩 서 있는 커다란 당산나무다. 비단 마을을 지켜주는 이런 수호신 외에도 집안 곳곳에 신이 존재했다.

터줏대감이라는 말이 있듯이 '터주'란 집터의 안전과 보호를 맡아보는 신이다. 부엌에는 조왕신이 있어 부인들은 아궁이에 불을 때면서 나쁜 말을 하지 않고 부뚜막에 걸터앉거나 발을 디디는 것도 금했다.

무명을 밝히고

뒷간을 지키는 측신廁神이 있었으며, 마을 우물에서는 샘 굿을 해서 마을에 나쁜 병이 돌지 않도록 하고, 샘이 마르지 않고 수질이 나빠지지 않음을 빌었다. 건물을 지을 때 하는 상량식은 지신地神과 택신宅神에게 제사를 지내는 것이고, 지금도 자동차를 사면 고사 지내는 것 또한 마찬가지다. 나는 이것이 세상 모든 만물에 감사하는 마음에서 비롯됐다고 생각한다. 벌 받지 않으려고 예방 차원에서만 굿을 벌이는 것이 아니라, 지난날에 대한 감사 표시를 신에게 먼저 베푸는 것이다.

해마다 정월이 되면 많은 지역에서 굿이 열린다. 한 해 동안 마을에 좋은 일만 생기기를 바라는 마음에서다. 설날을 시작으로 정월 대보름이 되면 나라 곳곳에서 굿판이 벌어지니 정월에는 그런 곳만 찾아다녀도 심심하지는 않다.

전라북도 부안 앞바다에 위도라는 섬이 있다. 고슴도치를 닮았다 해서 위도라 불리는 이 섬에서는 정월 초사흗날 어민들의 풍어와 평안을 기원하는 굿을 한다. 굿의 마지막에 띠배를 띄워 보내기 때문에 띠뱃굿이라고 불린다. 예부터 가보고 싶은 섬이었지만 기왕이면 굿이 열릴 때 가보겠다고 남겨뒀던 곳이다. 게다가 위도에는 내원암이라는 절이 있다. 온종일 열리는 굿판이 어머니에게는 지루할 수도 있는데 그동안 내원암에 가 계시면 되니 나로서도 마음 놓고 굿을 볼 수 있어 다행이었다.

오후가 돼서야 어머니가 굿판이 벌어지는 곳으로 오셨다. 내원암에서 만난 사람들과 수다를 떨다가 시간 가는 줄도 모르고 이제야 왔다고 했다. 용왕제를 지내고 띠배를 띄워 보내는 것을 보고 마지막 배를 타고 격포항으로 나왔다. 오는 배 안에서 어머니가,

"오늘 내원암에서 신기한 것 봤다. 법당에서 옆에 있는 사람이 기도는 안 하고 손바닥을 벌리고 있는 거야. 그래서 주변을 보니까 다 똑같이 손을 그렇게 하고 있더라."

법당에서 예불이 진행되는 동안 합장하거나 아니면 염주를 굴리며 경전 읽는 모습만 봐왔던 어머니로서는 마치 세수할 때 물을 받듯이 두 손 벌려 꿈적도 않고 있는 모습이 신기했나 보다.

"그래서 내가, '아니 합장을 왜 그렇게 해요?' 하고 물으니까 부처님에게 복을 달라고 기도한다는 거야. '복을 두 손으로 받아야 하니까 이래야지요.' 하길래 내가 합장은 그렇게 하는 것이 아니라고 하니까 여태껏 남들이 모두 그렇게 해서 따라 했다고 서로가 얼마나 웃었는지. 아이고야…."

"그리고 내가 경전을 줄줄 외우니까 그건 또 어떻게 다 외우느냐고, 나보고 스님 같다는 거야. '아니, 절에 다니면서 이 정도는 기본이지요. 여기는 경전도 없어요?' 했더니 그런 것 없다고 우리는 그냥 날마다 와서 이렇게 복만 받아간다는 거야. 어찌나 우습던지…."

그러나 잘한다고 자랑할 것도 아니고, 못한다고 나무랄 수도 없는

무명을 밝히고

일이다. 방법의 문제가 아니라 얼마나 진실한 마음인지가 중요한 것이니까. 그곳에 계셨던 어머니들이 설마 당신들만 가지려고 손바닥을 벌렸을까? 되도록 많이 담고 담아 자식들에게 나눠주고 싶었으니까 그랬겠지. 어머니들의 마음은 다 똑같으니 말이다.

위도에서 돌아온 다음 날, 피곤하지도 않은지 어머니가 서울의 관음사에 다녀오셨다. 양손에 관세음보살보문품과 참회기도문 삼십여 권을 가지고 오셨다. 관음사에 가서 위도에 다녀온 이야기를 했더니 십시일반 그 자리에서 서로 돈을 내서 내원암에 보내줄 책을 사 왔다는 것이다. 이젠 그곳 절에서도 어머니들의 독경소리를 들을 수 있을까? 아니면 에잇, 이거 어려워서 못하겠네 하고 다시 손바닥을 벌릴까? 그런 것은 중요하지 않다. 경전을 읽건, 합장을 하건, 손바닥을 벌리건, 진실한 마음만 있으면 되는 것이니까.

내원암에는 아주 오래된 배롱나무가 있다. 부처꽃과에 속하는 배롱나무는 예로부터 부귀영화를 가져다준다고 여겨졌으며, 백일 동안 꽃이 핀다고 해서 백일홍이라고도 불린다. 부디 그 진실한 마음이 전해져 세상의 모든 어머니와 그 자식들에게 좋은 일들만 생겼으면 좋겠다. 백일 동안 꽃을 피우듯 부귀영화가 오래오래 계속됐으면 하는 바람이다. ▨

어머니의 마음

⚐ 문경 미륵암 터 ⚑

몇 해 전 가을, 내장산 일대를 둘러본 적이 있다. 단풍 구경도 할 수 있고 내장사와 백양사가 있으니 아마도 가을 여행치고는 그만한 곳도 없을 것이다. 주로 평일에 다니기에 별생각 없이 다다른 그곳에는 이른 시각임에도 이미 수많은 사람과 자동차, 버스로 가득 찼다. 사람에 치여 단풍은 스치듯 구경했을 뿐 법당에도 들어가 보지 못하고 이내 되돌아 나왔다. 백양사는 주차장에서부터 엄두가 나지 않아 아예 들어가지도 않았다.

단풍이야 한 그루면 어떻고 화려하지 않은 색이면 또 어떤가 하는 생각을 하는 나로서는 이해가 안 되기도 하지만 대부분의 사람은 그렇지 않은가 보다. 오고 가는 길이 짜증스럽고 사람들에 부대껴도 순간 느끼는 그 환희심에 그런 고생쯤은 아무것도 아니라 여기는 걸까? 새소리와 풍경 소리도 들리지 않고 한가하게 걸을 수도 없는 그곳을 그 후론 찾지 않는다. 그러나 이 좋은 가을날 집에만 있자니 어머니도 나도 왠지 억울한 생각이 들어 생각해 낸 곳은 문경이었다.

"엄마, 문경에 있는 윤필암 가봤나?"

"그럼, 가봤지."

"사불바위도 올라가 봤어?"

"야, 수십 명씩 몰려다니고 버스는 기다리는데 산에 올라갈 틈이 어딨냐? 법당에서 창문 너머로 산꼭대기에 바위 하나 있는 건 봤지. 거기에 부처님이 새겨져 있다며?"

"오늘 거기나 가자. 이십 분쯤 올라가는데 많이 힘들진 않을 거야."

윤필암과 묘적암 가는 갈림길에 차를 세우고 윤필암 쪽으로 걷기 시작했다. 아늑한 오솔길에 낙엽이 지천이었다. 사불바위에 도착하니 이미 해는 높게 올랐다. 산 아래 동네에는 안개가 자욱이 깔려 있고 바위에서 내려다보니 윤필암이 보였다. 잠시 땀을 훔치고 있으니 어머니가 올라오셨다. 네모난 바위를 가리키며 이것이 부처님이라 했더니

"하나도 안 보인다. 여기에 부처님이 새겨졌나?"

"나머지는 거의 안 보이고 이쪽 면에 새겨진 것은 그래도 형체가 보이지 않아?"

"내사 잘 모르겠다."

하시고 돌아서는데

"맞네! 맞네. 여기서 좀 떨어져서 보니까 보이네…. 그래도 뭐가 뭔지는 잘 모르겠다."

갑자기 바람이 세게 불기 시작해 어머니는 법당으로 내려가시라 하고 혼자 사불바위에 앉았다. 그곳에서는 보이지 않지만 묘적암 가는 길에도 바위에 새긴 부처님이 있다. 거기에는 오래전에 미륵암이라는 절이 있었다고 한다.

양촌 권근權近(1352~1409)이 쓴 사불산 미륵암 중창기에는 미륵암에 얽힌 이야기가 자세히 나와 있다.

대원령大院嶺 한 가닥이 동남쪽으로 뻗어 내려 보주甫州·산양山陽 두 고을 경계에 이르러 구부렁하게 하늘로 솟아났다. 정상에 밑동이 박히지 않은 큰 바위가 있는데, 사면에 불상을 새겼으므로 사불산이라 하니, 온 나라에 부처 받드는 사람들이 가장 좋아하여 구경하고 싶어 하는 곳이다. 그 중간에 법왕봉法王峯이 있는데, 남쪽 절벽에 자씨(慈氏, 미륵보살)의 얼굴을 새겼고 그 곁에 있는 조그마한 절이 미륵암인데, 전설에 신라 때에 지은 것이라고 한다.

경상북도 영해寧海에 백진白眹이란 사람이 살고 있었는데 바닷가 쪽이라 평소 왜구들의 침략이 잦았다. 결국, 백진은 왜구를 피해 어머니를 업고 이리저리 헤매며 여러 고을을 지나 이곳에 이르렀다고 한다. 그러나 안타깝게도 어머니는 그 이듬해에 병으로 돌아가시게 된다. 초상을 치르고 어머니의 명복을 빌던 백진은 스님에게 울면서 말하기를

"내가 불행히도 고향에서 왜구를 만나 재산을 모두 잃고 흉한 운을 만나 이런 큰일을 당했습니다. 매양 고생하시며 낳아 기르신 은덕을 생각하면 하늘과 같아 보답할 길이 없습니다. 부모를 위해 정성을 다하고 마음을 다해 정결한 집을 마련하여 명복冥福을 받으시게 함으로써 다소나마 망극한 슬픔을 풀려고 하는데, 일이 커서 고통이 많으니 더욱 서럽기만 합니다. 바라건대, 여러분께서 불쌍히 여기고 도우시어 나의 뜻이 이루어지도록 하여 주십시오."

스님은 절을 새로 짓는 것은 국가에서 정한 금법이 있기 때문에, 이 산에 신라 때 있었던 미륵암의 옛터가 오랫동안 묵어 있는데 그것을 새로 중건하도록 권유했다고 한다.

백진이 미륵암 터에 가보니 골짜기가 맑고 깊숙하며, 자씨慈氏 불상이 완연하고 옛터가 그대로 남아 있어 비로소 마음에 들어 하며 즉시 즐겁게 일을 시작했다고 한다. 일을 하면서는 식량이 떨어질까 염려해서 밭을 갈아 농사를 지어 일하는 사람들에게 공급해가며 절을 완성했다고 한다.

무명을 밝히고

왜구를 피해 편안한 거처를 마련하고자 돌아다녔으나 어머니를 떠나보내야 했던 백진의 마음이야 능히 알 수 있지만, 한편으로 그의 어머니의 마음은 또 어땠을까? 이곳에 도착한 이듬해에 돌아가셨으니 그동안 계속 건강이 나빠졌을 것이다. 그러나 자신을 위해 애쓰는 자식의 마음을 헤아리며 그렇게 먼 길을 계속 따라다녔겠지. 당신은 힘이 들었음에도 자식을 생각해서 아무 말도 하지 않았으리라.

불현듯 나의 욕심 때문에 어머니를 힘들게 하는 것은 아닐까 하는 생각이 들었다. 집에만 있으면 몸이 아프고 나와서 돌아다니다 보면 오히려 기운 난다고 하시는 어머니.

이런저런 생각을 하다 보니 한 시간이 훌쩍 지났다. 사불바위를 내려와 기도를 마친 어머니와 함께 묘적암으로 발길을 돌렸다. 백진이 중창했다는 미륵암 터에 있는, 자씨불상이라 불렸던 마애불을 보러 갔다.

입구에 계단이 있을 뿐 표지판이 없어 그냥 지나칠 뻔했던 그곳은 밤새 떨어진 낙엽이 자북했다. 아직 해가 높지 않아 마애불 앞에 앉아 볕이 들기를 기다리는데, 어머니는 지겨웠는지 옆에 있던 빗자루를 들고 낙엽을 쓸기 시작했다.

"엄마, 그냥 놔둬라. 사진 찍는 데는 이렇게 낙엽도 있는 게 낫다."

마땅히 앉아 있을 곳도 없던 어머니는 올라오던 계단 쪽의 낙엽을 쓸기 시작했다.

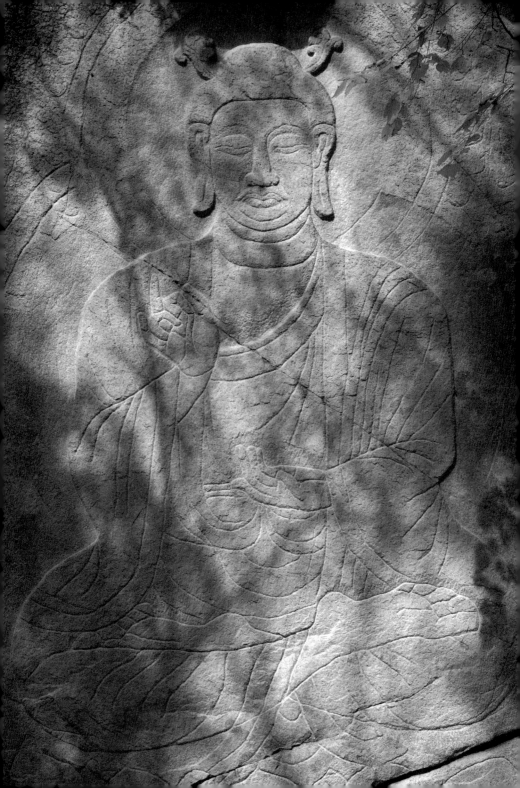

부처님이라기보다는 어떤 잘못을 해도
용서해 줄 것 같은 어머니의 모습을 닮았다.
터만 남은 이곳에 와서 즐거운 마음을 내어
즉시 절을 짓기 시작한 백진은
이 자씨보살의 모습에서 어머니를 본 것은 아닐까?

"여기는 괜찮지? 그냥 있을라니 심심하다."

나보다 먼저 이곳에 와서 사진을 찍던 사람이 있었는데 내가 사진을 다 찍고 나설 때까지도 계속 그곳에 머물렀다. 내려오는 길에 어머니는 "그냥 조금 더 기다리다가 부처님 앞에 낙엽을 깨끗이 다 쓸고 올 걸 그랬다."며 계속 아쉬워하셨다.

내가 한 말 때문에 어머니는 혹시 그 사람도 낙엽 쓰는 것을 원치 않는다고 생각하신 모양이다. 그 사람이 언제 갈지도 모르고, 날마다 떨어지는 낙엽인데, 굳이 오늘 좀 쓸지 않으면 어떨 것이고, 다른 사람이 와서 할 수도 있는데 그깟 일에 뭐 그리 신경을 쓰냐 했더니,

"법당에 가면 물을 떠다 놓기도 하고 향로를 닦기도 하고 불전함에 천 원 한 장을 넣을 수도 있지만, 이곳에 계신 부처님은 아무것도 없으니 내가 할 수 있는 게 그것밖에 더 있냐?"

그랬다. 그것은 어머니의 마음이었다. 어머니는 부처님 앞에 서서 복을 빌기도 하지만 늘 그냥 나오는 법이 없었다. 대웅전뿐 아니라 나한전, 산신각을 갈 때도 똑같이 천 원씩 놓고 왔고, 살림살이가 어려운 절에는 기와불사 한 장이라도 하고 오시는 분이었다. 다비식이나 백중, 동지와 같이 신도들이 많이 모이는 특별한 날에는 공양간에서 설거지를 하기도 했다. 하지만 오늘은 사불바위의 부처님도 그랬고 미륵암 터의 자씨보살도 그랬고, 삼배를 올리고 자식 잘되라고 기원만 했

지 드리고 올 것이 없었던 것이다. 당신이 할 수 있는 한 부처님 계신 도량을 깨끗이 청소하는 공양을 올리고 싶었던 게다.

어머니와 내가 한 부처님을 바라보며 갖는 생각이 그렇게 달랐다. 나에게는 보기 좋은 사진을 찍는 대상이었고, 어머니는 한 분 한 분 부처님을 대할 때마다 늘 감사하는 마음과 드리고 싶은 마음이 간절했던 것이다. 오랜만에 먼 길을 나서 부처님 바라보며 마음 편히 가지시라고 모시고 간 그곳에서 되레 어머니의 마음을 빼앗아 버렸으니 내려오는 내내 죄송한 마음이 들었다.

산 아랫마을 도로 주변에는 사과 수확이 한창이었다. 영주 풍기와 더불어 문경의 사과 또한 유명하니 이곳까지 와서 사과 한 상자도 사지 않고 갈 수는 없는 일이다. 어머니와 나의 지갑을 모두 털어서 두 상자가 넘게 사과를 사자 인심 좋게 생긴 할머니가 덤이라며 망태기에 더 들어갈 수 없을 정도로 사과를 넣어줬다. 집으로 돌아와 사과를 정리하고 덤으로 준 사과를 보니 많이 상해 있었다. 그러나 그 맛은 더 좋게 느껴졌다. 그것 또한 할머니의 마음이었을 테니까. ☑

기념촬영

🔹 화순 운주사 🔹

"피부도 쭈글쭈글하고 머리숱도 없는데 가까이서 찍지 마라."

어머니에게도 보이고 싶지 않은 모습은 있게 마련이다. 아무리 자식이라도 그것을 강요할 수는 없다. 쉼 없이 돌아다니며 사진을 찍었지만, 남들이 하는 기념 촬영처럼 어머니를 세워놓고 하나, 둘, 셋. 하고 사진을 찍은 적이 거의 없다.

　처음 이곳을 찾았을 때는 당혹스러웠다. 이제껏 보지 못한 소박한 불상과 특이한 모양의 탑들이 노천에 방치되다시피 했기 때문이다.

무명을 밝히고

　　만약 어머니의 기념 촬영을 한다면 꼭 이곳에서 하고 싶었다. 다른
문화재들과 달리 번듯한 이름 하나 없이 부러지고 깨진 채로 아무 곳
에 아무렇게나 있는 부처님들이 계신 곳. 당신의 이름보다는 누구의
엄마, 누구의 남편으로 살아온 날이 더 많고, 깨진 불상처럼 말 못할
상처를 안고 살아온 어머니를 모시고 그곳으로 달려갔다. ♥

"엄마, 좀 웃어봐라."
"웃음도 웃어 본 사람이 잘 웃지. 내가 언제 웃을 일이 있었나?
앞으론 니가 잘돼서 웃을 일 좀 만들어라."

항아리 몇 개를 얹어 놓은 듯한 탑이 있고
위로는 벚꽃을 닫집으로 삼은 자연 동굴 법당이다.
대부분 대웅전엔 가운데에 주불과 좌우에 협시불,
이렇게 세 분의 부처님을 모신다.
동굴 법당에 부처님 두 분만 계셨는데 때마침 어머니가 걸어 나왔다.
비로소 삼존불이 되었다.

내 마음의 아란야

지금으로부터 십수 년 전, 경봉 스님의 추모 특집 다큐멘터리를 제작하느라
양산 통도사의 극락암을 몇 차례 방문한 적이 있다.
경봉 스님을 오랫동안 모셨던 명정 스님은 어느 날,
경봉 스님께서 아침마다 들렀다는 '아란야阿蘭若'라는 토굴에
나를 데리고 갔다. 스님이 입적하신 지 13년이나 지난 때였으니
이미 그곳은 폐허나 다름없었지만, 스님의 흔적이 곳곳에 남아 있었다.

하지만 그곳에 걸려 있던 '阿蘭若'라는 현판은 지금은 극락암 약수터에
덩그러니 놓여 있을 뿐이다.
극락암에 갈 때마다 아란야를 다시 한 번 가보고 싶은 마음이 일어,
혼자서 우거진 숲을 헤맨 적이 몇 차례 있다.
그러나 어찌 된 일인지 도무지 아란야를 찾을 수 없었다.

아란야는 마을에서 멀리 떨어져 있어
수행자들이 머물기에 적합한 곳을 이르는 말이다. 아란야는 그런 곳이다.
누구나 쉽게 찾아올 수 있는 곳이라면 아란야가 아니겠지….
그런 생각이 들고 나서는 경봉 스님의 아란야 찾는 일을 멈췄다.

내게도 아란야가 있다. 이미 유명해져서 많은 사람이 찾는 곳도 있지만,
그래도 아직까지는 한적한 편이니 여전히 그곳은 나만의 아란야인 셈이다.
자리를 펴고 앉아 몇 시간씩 눈앞에 펼쳐진 풍경을 바라보노라면,
더없이 마음이 편안해지고 세상 모든 일이 그저 감사하게만 느껴질 뿐이다.

해토머리에 봄빛을 홀로 차지했으니 조물주도 여기서는 공평치 않구나.

강진 백련사 동백숲.

해거름에 벼랑에 올라 굽이굽이 섬진강 바라보면 세상을 다 가진 듯. 구례 사성암.

작달비 퍼붓고 난 뒤 폭포 하나 새로 생겼네. 비바람이 그려낸 산수화. 봉화 청량사.

뭉치고 흩어지며 생겼다가 사라지는 세상사. 마치 흘러가는 구름처럼. 청도 운문사.

하늘을 이불로 땅을 자리로, 산을 베개로 구름을 병풍 삼아.

진묵 스님 말한 곳이 이곳이런가. 해남 도솔암.

누군가가 그리울 때 비로봉에 올라라. 어머니 치마폭처럼 포근한 오대산 적멸보궁.

오래 앉아 머무르니 돌아갈 길 잊게 되네. 시간도 생각도 멈추는 곳. 안동 봉정사.

동해 물고기가 변했다는 수많은 돌. 두드리면 나는 종소리는

환생하고픈 물고기의 울부짖음일까. 삼랑진 만어사 너덜겅.

근심 걱정, 놓아버리지 못하겠거든 이곳에다 묻고 오라. 대관령 산신당.

외롭거나 쓸쓸함마저도 고맙고 아름다운 곳. 숫눈길에 밟아봐야 할 오대산 서대 염불암.

피안을 향하여

오래전 알고 지냈던 한 지인은 스님을 만나면 늘 하는 질문이 있었다.
"스님! 어떻게 사는 게 잘사는 겁니까?"
그이 곁에서 수십 번도 더 똑같은 질문을 들었는데,
그때마다 스님들은 그에게 어떤 답을 들려주기도 했고
내가 알아들을 수 없는 선문답 같은 애기를 하기도 했다.

허나 지금에 와서 아무리 기억을 더듬어봐도 생각나는 것은 하나도 없다.
그땐 나이도 어렸고 매일 새로운 일을 배우며 익히기에도 하루가 벅찰 시기였다.
삶에 대한 의문을 가질 여유가 별로 없었고 내 관심 밖이었다.

잘 살았는지 못 살았는지는 죽음에 다다라서야 비로소 느낄 수 있을 터.
어쩌면 생을 마감하는 그 순간까지도 늘 그런 질문을 안고 사는 게
우리네 모습이 아닐까 싶다.
하지만 한편으론 이런 생각도 해본다.

이곳이 아닌 저곳.
우리는 그렇게 늘 저곳만 바라보며 살고 있지는 않은지.
머릿속에 그리는 저곳이, 실은 지금 이곳일 수도 있는데.
그렇게 지금의 이곳이 쌓이고 쌓인다면 그것이 곧 저곳이 되지 않을까.

진자리 마른자리 가려 뉘시며

♪　　　화성 용주사　　　♪

집에서 가까운 거리에 용주사가 있지만, 그동안 가보지 못했다. 부산에 있을 때도 마찬가지였다. 범어사 바로 아랫동네에 살면서도 금정산에나 올랐을 뿐, 오히려 수원으로 이사 오고 난 뒤 다비식 때문에 범어사를 더 자주 찾게 됐다. 가까이 있을수록 마음만 먹으면 언제나 갈 수 있다는 생각에 늘 미루다가 결국 떠난 뒤에야 후회하게 된다. 비단 사찰만이 아니다. 늘 곁에 있는 부모에게도 마음을 쓰지 못하고 있으니 훗날 얼마나 가슴을 치며 사무칠 것인가.

하안거가 끝나는 음력 7월 15일, 서둘러 길을 나섰다. 수원 근교에는 오래된 절이 많지 않고 때마침 우란분절盂蘭盆節이니 일찍 법당에 가서 자리를 잡아야 했다. 조선 22대 임금인 정조의 효심의 발로로 창건돼 효찰대본산이라고 불리는 용주사에서 우란분절에 조상 영가 천도재를 지내는 날이니 그야말로 야단법석을 이룰 것이기 때문이다.

석가모니의 십대 제자 중 한 명인 목련존자는 아귀지옥에 빠져 고통받는 어머니의 모습을 보고 부처님께 어머니를 구해달라고 청원한다. 이에 석가모니는 이렇게 말한다.

"네 어머니의 지은 죄가 너무 무거워 너 혼자의 힘으로는 어쩔 도리가 없다. 그러나 여러 스님의 힘을 빌리면 가능할 것이다. 스님들이 안거安居를 끝내고 참회 의식을 갖는 자자일自恣日, 즉 7월 15일에 좋은 음식과 과일, 향촉과 의복으로 공양하라. 그러면 이 스님들의 힘으로 살아 있는 부모는 물론 7대의 선망先亡 부모와 친척들이 모두 고통에서 벗어나 천상에서 장수를 누릴 것이다."

이로써 불가에서는 매년 7월 15일에 우란분재를 드리게 된다.

일찍 나섰다고 생각했지만, 용주사에는 이미 많은 사람이 모여 있었다. 대웅보전 법당 안은 물론이고 맞은 편 천보루에도 빽빽이 들어차 있었고, 계단과 처마 밑 그늘에는 더위를 피하려 한 자리씩 차지하고

피안을 향하여

철퍼덕 주저앉은 사람들로 발 디딜 틈 없었다. 법회가 시작되고 이어서 천도재가 봉행됐다. 천보루에서 어머니와 함께 절을 올리고 나서 사도세자와 혜경궁홍씨, 정조대왕, 효의왕후의 위패가 모셔진 호성전으로 향했다. 그 앞에는 부모의 열 가지 은혜를 새겨 놓은 부모은중경탑이 있다.

첫째, 몸에 품어 보호해 주신 은혜
여러 겁이 거듭하여 온 무거운 인연으로
이제 이승에 와서 어머니 모태에 들었네
날이 지나면서 오장이 생겨나고
일곱 달이 되어 육정이 열렸네
몸은 무겁기가 태산과 같고
거동할 때마다 찬바람과 재앙 조심하며
좋은 비단옷 두고도 입지 않으시고
매일 단장하던 화장대에는 먼지만 쌓였네

둘째, 낳으실 때 고통받으신 은혜
잉태하시어 열 달이 지나니
어려운 해산 날이 다가오네
매일 아침마다 흡사 중병 든 사람 같고

날마다 정신마저 흐려지고

두려움을 어찌 다 기억하며

근심의 눈물은 가슴을 적시네

슬픈 빛을 띠우고 주위에 하는 말

이러다가 죽지나 않을까 겁이 나네

셋째, 자식 낳고 근심을 잊으신 은혜

자애로운 어머니가 그대를 낳던 날

오장이 모두 찢기고 벌어졌네

몸과 마음이 함께 기절하였고

피 흘린 자리가 양을 잡은 듯하네

낳은 아이 건강하다는 말 듣고

그 기쁨이 배로 되었네

기쁨이 가라앉자 다시 슬픔이 오면서

아픔이 심장까지 사무쳐 오네

넷째, 쓴 것 삼키고 단 것 뱉아 먹이는 은혜

무겁고 깊으신 부모님 은혜

베푸시고 사랑하심은 한시도 변함없이

단 것은 다 뱉으시니 잡수실 것 무엇이며

쓴 것만을 삼키셔도 싫어함이 없으시네

사랑이 무거우니 정을 참기 어렵고

은혜가 깊으니 슬픔만 더해지네

다만 아이가 배부르기만을 바라시고

자애로운 어머니는 굶주려도 만족하시네

다섯째, 진자리 마른자리 가려 누이는 은혜

어머니 당신은 젖은 자리 누우시고

아이는 안아서 마른자리 찾아 뉘시네

두 젖을 먹여 목마름을 채워 주시고

고운 옷 소맷자락으로는 찬바람 막아주시네

아이 걱정에 밤잠을 설치셔도

아이 재롱으로 기쁨을 누리시네

오직 하나 아이만을 편하게 하시고자

자애로운 어머니는 불편도 마다 않으시네

여섯째, 젖을 먹여 길러주신 은혜

어머니의 깊은 사랑 땅과 같고

아버지의 높은 은혜 하늘과 같네

하늘과 땅과 같은 깊고 높은 마음

부모님 마음 또한 그와 같아서

눈이 없다 해도 미워하는 마음이 없고

손발이 불구라 해도 귀여워하시네

내 몸속에서 키워 낳으신 까닭에

온종일 아끼시며 사랑하시네

일곱째, 손발이 닳도록 깨끗이 씻어준 은혜

지난날 고우시던 옛 얼굴

아름답고 소담하시던 그 모습

푸른 눈썹은 버들잎 같았고

붉은 두 뺨은 연꽃 빛을 안은 듯

은혜가 더할수록 그 모습은 여위셨고

씻기고 빨다 보니 손발이 거칠어지네

자식만을 생각하는 끝없는 노고

어머니의 얼굴에 잔주름만 늘었네

여덟째, 먼 길 떠나면 걱정하시는 은혜

죽어서 이별이야 말할 것도 없고

살아서 생이별 또한 고통스러운 것

자식이 집 떠나 멀리 나가면

피안을 향하여

어머니의 마음 또한 타향에 가 있네

낮이나 밤이나 자식 뒤쫓는 마음

흐르는 눈물은 천 줄기 만 줄기

새끼를 사랑하는 어미 원숭이 울음처럼

자식 생각에 애간장 다 끊어지네

아홉째, 자식 위해 애쓰시는 은혜

부모님 은혜 강산같이 소중하여

갚고 갚아도 참으로 갚기 어려워라

자식의 괴로움 대신 받기 원하시고

자식이 고생하면 부모 마음 편치 않네

자식이 먼 길 떠났다는 말 듣기만 해도

행여나 가는 길 밤 추위 실로 걱정되네

아들딸의 고생은 잠시건만

어머니 마음은 오래도록 아프다네

열째, 끝까지 사랑하시는 은혜

깊고 무거운 부모님의 크신 은혜

베푸신 큰 사랑 잠시도 그칠 새 없네

앉으나 서나 마음을 놓지 않고

멀거나 가깝거나 항상 함께하시네

어머님 연세 백 세가 되어도

팔십 된 자식을 걱정하시네

부모님의 이 사랑 언제 그치리이까

이 목숨 다하면 비로소 떠나시려나

무비 스님 편저《부모은중경》(도서출판 창) 중에서

천도재가 끝난 뒤 경내를 한 바퀴 돌고 나서 탑돌이가 시작됐다. 많은 사람이 함께한 그 행렬 속에서 어머니의 모습이 쉽게 눈에 띄었다. 두 손 곱게 모으고 무언가를 열심히 중얼거리는 어머니. 아마도 지장경을 독송하고 계신 듯 보였다. 당신의 부모님에 대한 기도도 드리고, 수년 전 사고로 먼저 세상을 떠난 남동생의 넋도 기렸을 것이다. 그리고 비록 천도재이긴 하지만 그 자리에서조차 자식의 행복을 바랐을 게다. 멀리서 그 모습 바라보며 부모은중경 한 소절 읽고, 다시 어머니 한 번 쳐다보고 다음 구절을 읊조리기를 여러 번. 눈가에 눈물이 핑 돌았다.

객지 생활 십여 년 동안 반찬을 해 나르느라 몸이 상해버린 어머니. 일주일에 며칠씩 지방을 돌아다니는 자식을 생각하며 혹시 사고가 나지는 않을까 마음 졸이며 기다리던 어머니. 이제는 그만해도 될 법한데 어머니의 그 오롯한 사랑의 끝은 도대체 어디란 말인가. ▽

피안을 향하여

관세음보살과 선재동자

대부분의 어르신은 자식들을 키워놓고 나서 자그마한 텃밭이라도 가꾸며 살아가기를 희망한다. 나의 부모님도 마찬가지다. 내가 분가하면 내려가 살겠다고 경주에 있는 큰아버지 댁 뒤편 야산에 땅을 조금 사놓았었다. 그러나 형편이 여의치 않아 그 땅을 팔고 말았다. 함께 경주로 가서 계약서에 도장을 찍는데 어머니 눈에 눈물이 글썽거렸다. 부산으로 내려가는 차 안에서도 계속 훌쩍이시던 어머니는 그 와중에도 내가 미안해하는 것을 걱정했다. 올해부터 네 운이 트인다고 해서 이

렇게 땅이라도 팔렸지 안 팔렸으면 어떻게 할 뻔했느냐며, 오히려 일이 잘됐다고 되레 나를 위로하셨다.

수원으로 이사 오고 나서 어머니가 한 번씩 다닌 절은 안성의 칠장사였다. 마침 알고 지내던 불목하니가 자기 집 옆의 놀리는 텃밭을 빌려줘서 수년간 그곳에서 농사를 지었다. 스무 평 남짓한 땅이지만 감자나 고구마, 옥수수, 토란, 도라지, 배추, 무, 고추 등 먹거리를 얼마든지 키울 수 있었으니 비록 우리 땅은 아니었지만, 어머니는 행복해했다.

이미 감자도 심어 놓았고 딱히 칠장사에 갈 일은 없었지만, 부처님 오신 날에 마침 특별히 절 마당에 괘불을 걸고 야단법석野壇法席을 연다고 했다. 늘 법당의 뒤쪽 상자에 자리 잡고 있던 괘불이 일 년에 한 번 세상에 모습을 나타내니 그런 좋은 구경거리를 놓칠 수 없다.

오불회괘불탱이라는 이름에서 나타나듯이 다섯 분의 부처님인 비로자나불, 석가모니불, 노사나불, 그리고 약사불과 아미타불이 그려져 있는 커다란 괘불. 하단의 도솔천궁과 그 옆에 있는 지장보살, 관세음보살을 찬찬히 살펴보던 내 눈길을 멈추게 한 것은, 바로 관세음보살을 지극한 눈빛으로 바라보는 선재동자였다.

선재동자는 문수보살을 시작으로 보현보살에 이르기까지 53위의 선지식善知識을 찾아다니며 깨달음을 위한 구도행求道行을 펼친 인물이다. 그를 바라보다가 문득 어머니와 나의 끝없는 소요逍遙를 돌아봤다.

피안을 향하여

어머니와 나는 과연 무엇을 얻기 위해, 또 어느 곳에 다다르기 위해 수백 곳이 넘는 사찰을 순례하고 있는 것일까?

어머니는 많은 절 중 특히 향일암이나 홍련암과 같은 관음 기도 도량을 자주 찾아다닌다. 대부분의 사람 또한 그러하니 그것은 아마도 생활이 어려운 시절 가족의 건강과 복을 빌기 위함이었을 게다. 관세음보살은 천 개의 눈으로 모든 사람의 괴로움을 살피고, 또한 천 개의 손으로 고통에서 벗어나게 해 준다는 믿음 때문이다. 그러나 관세음보살은 중생의 고통을 구제해 주면서, 실제로는 그 모습을 통해 자신과 같은 대비행大悲行을 실천하기를 깨닫게 해 주고 있다. 자신을 찾아온 선재동자가 어떻게 보살의 행을 배우며 어떻게 보살의 도를 닦는지를 묻자, 중생을 가엾이 여기고 부드러운 말과 선행을 하며 보시행을 베풀 것을 이야기한다.

어머니는 절에 가서 가족의 화목과 자식의 행복을 바라기만 하는 것 같았지만 이미 그것을 실천하고 계셨다. 다른 사람의 고통을 보면 마치 자기 일인 양 마음 아파하고, 길에서 만나는 작은 짐승들을 위해 부러 먹을 것을 준비해 가기도 한다. 같은 방향의 사람을 만나게 되면 늘 차를 세워 길 보시를 하자고 하며, 연밥 염주를 만들고 스님이나 공양주 보살을 위해 옷을 직접 지어 나눠 주기도 하니, 바로 어머니가 관세음보살이 아닐까? 비록 나는 감히 선재동자처럼 깨달음을 얻기 위해

지극한 눈빛과 곱게 모은 두 손,
한쪽 발마저 까치발을 한 선재동자.
간절한 구도자의 모습이기도 하지만,
함께 있는 것만으로도 한없이 포근해지는 어머니 앞에 선
더없이 순수한 어린아이의 모습 같다.

나선 길은 아니었지만, 늘 곁에는 어머니라는 관세음보살이 함께했음에도 이제껏 모르고 지내왔다. 어떻게 살아야 하는지를 말없이 행동으로 보여주며, 누가 가르쳐 주지 않았음에도 스스로 터득해 온 삶의 지혜를 내게 순간순간 전해줬는데도 알아채지 못하고 살아왔다.

어머니는 예전부터 "너만 잘살면 나는 절에 들어가 기도하면서 살란다. 아니면 시골에서 농사지으면서 노인들 이발이나 파마 해주면서 그렇게 봉사하며 살란다."라고 늘 얘기하신다. 나는 그때마다 지금이라도 그렇게 하시라고 말씀드리지만, 자식을 가엾이 여겨 떠나지 못하는 그 마음을 어찌겠는가. 지옥에서 모든 중생을 구제하기 전까지는 절대 성불하지 않겠다는 지장보살의 마음이련가. ▨

무릉도원

사는 곳을 벗어난 다른 세상에 대한 끊임없는 동경은, 배를 띄워 맞은
편 마을에 닿게 하기도 하고, 다리를 놓아 더 쉽고 편하게 그 세상과
만날 수도 있게 한다. 비단 사람 사는 세상뿐 아니라 죽음에 이르거나
깨달음을 얻기 위해서도 그러한 방편이 필요하다. 극락에 가기 위해
반야용선을 타야 하고, 불국사의 청운교와 백운교는 속세와 부처의 세
계를 이어주는 다리를 의미하듯 말이다.

　사람과 사람 사이에도 보이지 않는 다리가 있으니, 다가서는 마음이

그것이다. 그러나 항상 내 것을 버리지 못하고 상대방이 먼저 다가오기만을 기다릴 뿐이어서 쉽사리 소통되지 않는다고들 한다. 부모와 자식의 관계가 특히 그러해서, 늘 먼저 다가오는 쪽은 부모이고 쉽게 다가서려 하지 않는 쪽은 자식이다.

어느 날 어머니가 갑자기 법흥사 이야기를 꺼냈다. 법흥사는 나라 안에 있는 적멸보궁 다섯 곳 중 하나다. 양산 통도사는 금강계단金剛戒壇, 설악산 봉정암은 가는 길 자체가 하나의 수행으로, 오대산의 중대는 문수성지로서, 정선 정암사는 수마노탑과 자장율사의 지팡이 전설 덕에 많은 사람이 찾지만, 영월의 법흥사는 늘 뒷전이다.

어머니 또한 봉정암을 열 번이나 다녀오셨고, 나머지 적멸보궁도 서너 차례 참배했지만 법흥사는 한 번도 가보지 못했다고 했다. 나 또한 영월을 일 년에 서너 번이나 다녀오면서, 돌아오는 길에 잠시 들르면 되는 곳이건만 이상하게 마음 한 번 내기가 쉽지 않았다.

이야기가 나온 김에 가보자며 길을 나섰다. 원주쯤 이르니 눈발이 날리기 시작했고 영월 주천면에 도착하니 주천강에 섶다리가 보였다. 지금은 자동차가 다닐 수 있는 다리가 놓여 있기에, 단지 외지에서 오는 사람들을 위한 볼거리로 만들어 놓은 다리다. 정겨운 이름만큼이나 보기 좋고, 또한 매년 다리를 새로 놓아야 하는 그 정성이 섶다리에서

피안을 향하여

눈을 떼지 못하는 이유다. 섶다리는 장마철이 되면 떠내려가 버린다. 다른 세상, 다른 마을에 대한 동경은 매년 섶다리를 새로 놓게 했고 그 것의 밑바탕은 바로 정성이다.

사람들과의 관계 또한 다를 바 없다. 한번 만들어 놓고 수십 년을 사용할 수 있는 튼튼한 다리는 상대방에 대한 일편단심일 수도 있겠으나, 언제든 마음만 먹으면 갈 수 있기에 오히려 자주 건너지 않을 수도 있다. 그러나 장마 때 다리가 떠내려가서 더는 건널 수 없게 된다면 상대를 그리워하는 마음은 더더욱 커질 수밖에 없다. 그런 마음으로 정성스레 섶다리를 만들고 또 만들면서 상대에 대한 소중함을 더 느끼게 되는 것이다. 사람 관계라는 것이 비록 부모 자식 간이라 할지라도 살다 보면 왕왕 어긋나기도 한다. 때론 망가지고 끊어지고 떠내려갈지라도, 계속해서 이어 나가려는 그 마음이 잊고 지내는 다리보다 더 낫지 않을까.

법흥사에 가려면 주천강을 건너고 나서 법흥천을 세 번 더 건너야 한다. 처음 강을 건너 만나는 마을은 무릉리다. 무릉리에는 요선암이 있고, 다시 강을 건너면 도원리다. 그다음 계곡을 따라 계속 가면 비로소 법흥리 마을이 나타난다. 우연치고는 마을 이름들이 재미나다. 술이 나오던 샘이 인간의 욕심으로 인해 물이 나오게 됐다는 전설을 가진 주천酒泉마을. 그 욕심을 끊고 강을 건너면 무릉도원이 펼쳐지고 신선이 노닐었다는 요선암을 만나고, 결국 부처님의 법이 흥했다는 법흥

사에 다다르게 되니 말이다. 그렇게 부처님을 만나러 가는 길은 몇 차례 강을 건너는 고행의 길이고, 배를 이용하거나 다리를 놓아 건너야만 만날 수 있다.

무릉도원이 뭐 별것일까. 비록 복사꽃은 피지 않았을지언정, 욕심을 버리고 서로 다가서려는 마음을 내서 한마음이 되어 사는 세상, 그곳이 곧 무릉도원이고 극락이며 부처님 세상 아니겠는가. ▧

피안을 향하여

못하는 것인가? 하지 않는 것인가?

여주 신륵사

짧아진 가을을 만끽하고자 바쁘게 돌아다녔던 날들이 그리워서일까?
겨우내 집에만 틀어박혀 있자니 어머니는 요즘은 어디 갈 곳이 없냐는
말씀을 자주 하셨다. 기나긴 겨울을 어찌 보낼까 싶다. 용주사에라도
모시고 갈까 했지만 같은 곳을 당신 때문에 뭐하러 쓸데없이 가냐 할
것이 뻔하기에 다른 곳을 찾다 고민 끝에 생각해 낸 곳은 신륵사였다.
혼자 두어 번 가 보기는 했지만, 어머니와 간 적은 없는 절이다. 그리
멀지 않은 곳임에도 신륵사만 다녀오면 여러 가지로 아깝다면서 어머

니는 며칠 전 칠장사에 고구마를 주문해 두었다. 신륵사에서 오랜만에 기도도 하고, 여주에 생겼다는 옷 매장에 들러 구경도 하고, 칠장사에 가서 고구마도 사오면 차비가 아깝지는 않겠다며 어머니가 알아서 일정을 모두 계획해 놓았다. 나는 나대로 남한강의 물안개를 볼 수 있지 않을까 하는 기대감이 있었다.

해도 뜨기 전 이른 새벽에 집을 나섰는데 이천을 지날 무렵 간간이 눈발이 날렸고 여주에 도착하니 안개가 자욱했다. 나무 가지가지에 무빙霧氷이 열렸다. 자욱한 안개가 얼어붙은 모습이 신기하기만 했다.

신륵사가 바라보이는 맞은 편 강가를 어머니와 걸으며 안개가 걷히고 피어오르는 물안개를 기대했건만 좀체 짙은 안개는 걷힐 줄 몰랐다. 두어 시간을 기다렸고 해는 이미 저만치 떠올랐지만, 세상은 온통 흐릿할 뿐이었다. 비단 날씨뿐만이 아니다. 기다리는 건 쉽사리 오지 않고, 잠시 잊고 있으면 순식간에 지나쳐 버리는 경우가 많았다. 대개의 세상일이 그랬다.

옛말에 '나무는 고요히 있으려 하나 바람이 그치지 않고 자식이 봉양하려 하나 어버이는 기다려 주지 않는다.樹欲靜而風不止 子欲養而親不待也'라고 했다. 늘 더 나은 환경과 조건을 바라며 나중을 기약하지만 그런 날은 결코 오지 않는다. 지금 생각하는 그때가 오면 또 더 나은 날을 바라게 되며, 세월은 기다려주지 않고 훌쩍 흘러갈 뿐이다

비단 시간뿐만이 아니다. 공자의 제자 자로子路는 어느 날, 집안이 가난해서 효도를 제대로 하지 못한다고 탄식한다. 그러자 공자는 '콩죽을 끓여 먹고 물을 마시더라도 기쁘게 해 드리는 일을 극진히 행한다면, 그것이 바로 효이다.啜菽飲水盡其歡 斯之謂孝'라고 말한다. 결국, 지금 이 순간 그 자리에서 자신의 형편에 맞게 한순간 마음을 내서 행동으로 옮기느냐 그렇게 하지 못하느냐의 문제다.

애꿎은 날씨 탓을 하며 시간을 보내다가 그만 이곳에 온 목적을 잊고 말았다. 한동안 답답해하던 어머니께 절 구경도 시켜드리고 여유롭게 법당에서 기도하시라 모시고 온 건데 벌써 사시마지 기도를 올릴 시간이 돼버린 것이다. 어머니는 이제껏 기다린 것이 약 올라서라도 조금 더 기다려 보자고 했지만 그만 강을 건너 신륵사로 향했다. 때마침 목탁 소리가 들렸고 어머니는 바로 법당으로 들어가셨다.

안개는 더욱 짙어지고 바람이 세차게 불더니만 눈발이 날리기 시작했다. 강월헌에 올라 조금 전까지 머물렀던 강 건너편을 바라봤지만, 아무것도 보이지 않았다. 삼층탑을 돌아 다층전탑을 잠시 바라보고 나서 뒤편에 있는 대장각기비로 향했다. 목은 이색李穡(1328~1396)이 돌아가신 부모님과 공민왕의 명복을 빌고자 대장경을 새겨 신륵사에 보관했다는 내용이 적힌 비다.

피안을 향하여

이색의 아버지인 가정 이곡李穀(1298~1351)은 아버지와 어머니가 돌아가시고 난 뒤 대장경을 인쇄하려 했으나 어머니가 돌아가신 다음 해에 운명해 뜻을 이루지 못했다. 목은은 스물네 살 때 아버지를 여의고 마흔네 살에 어머니가 돌아가시자 이윽고 뜻을 세워 대장경을 찍었다. 아버지가 돌아가신 지 삼십여 년이 지나고, 어머니를 떠나 보내고 구 년이 지나서야 일을 시작해 다음 해에 대장경을 묶어낼 수 있었다.

성리학을 수용한 목은은 불교의 폐단을 비판하는 상서를 올리기도 했지만, 나옹 스님의 제자들과 교류하는 등 불교에 대해서 배타적이지는 않았다. 그러나 고려 말은 불교를 드러내 놓고 옹호할 수는 없는 상황이었다. 그렇기에 아버지가 돌아가시고 삼십 년이 지나도록 아버지의 뜻을 받들지 못했을 것이다. 어머니가 돌아가시고 나서도 계속되는 고민 끝에 결국 십여 년이 지나서야 완성할 수 있었다. 목은이 대장경을 봉안하는 일을 미룰 수밖에 없었던 것은 다른 이유도 있었겠지만 그런 정치적인 상황이 제일 컸으리라. 하고자 하는 마음은 늘 갖고 있었으나 외부 환경 때문에 실현하기가 쉽지는 않았을 것이다.

대장각기비각을 내려와 나옹 스님의 다비장茶毘場이었다고 하는 동대를 거닐었다. 바람이 세차게 불며 눈발이 날렸고 서서히 눈이 쌓이기 시작했다. 마침 어머니는 기도를 마치고 법당에서 나오고 계셨다.

"언제부터 눈이 내렸냐? 혹시 칠장사에도 눈이 많이 오면 어떡하

서리처럼 얼어버린 안개며 살포시 내렸던 눈이 아직 녹지 않았다.
물안개를 보지 못했다고 투덜대며 그냥 갔으면 보지 못할 풍경이다.
비가 오면 오는 대로, 해가 뜨면 뜨는 대로 늘 새로운 풍경이니,
내가 생각하며 그려온 풍경이 아니라 하더라도 아쉬울 건 없다.
지금의 그 모습이 가장 아름다운 모습이니.

냐? 길 미끄러우니까 빨랑 가자."

　신륵사를 빠져나와 여주대교를 건너는데 눈이 내린 흔적이 없다. 신기하게도 신륵사 주변에만 내린 것이다. 630년 전 동대에서 나옹 스님의 다비식이 있을 때도 비슷한 일이 있었다고 전한다. 신비스럽게도 구름 한 점 없는 맑은 하늘에서 비가 내려 사방 수백 보의 땅만 적셨다고 한다.

　다시 신륵사 맞은편으로 향했다. 두 시간 전만 해도 보이지 않던 신륵사가 아련히 보였다. 신륵사를 바라보며 목은 이색을 생각했다. 이색은 정치적인 상황 때문에 하고자 하는 일을 미룰 수밖에 없었겠으나, 나는 그저 많은 핑곗거리를 가지고 살아가고 있을 뿐이다. 그런데 과연 지금의 나는 못하는 것인가? 아니면 하지 않는 것인가?

　아니 혹, 그런 마음조차 내지 못하는 것인가? ▨

니르바나

ㄲ 예산 수덕사 ㄷ

2003년 4월 서암 스님 다비식으로부터 시작해 법전 스님에 이르기까지, 스님들 가시는 길을 함께한 지 벌써 십 년이 넘었다. 그동안 모두 서른두 분의 다비식을 지켜보면서 한 분 한 분 큰스님 떠나실 때마다 그리움이 쌓이는 만큼 삶과 죽음에 대한 의구심도 더욱 커져만 간다.

다비식을 다녀오면 어머니는 항상 사리는 얼마나 나왔으며, 직접 봤느냐고 물어보신다. 하지만 사리 수습은 다비식 날 다비장에서 이루어지는 것이 아니라 일반인들이 보지 못하는 곳에서 하는 경우가 대부분이니, 실은 보고 싶어도 볼 수가 없다. 그러나 내가 그것을 보지 않는 것은 굳이 사리를 봐야 할 필요성을 느끼지 못하기 때문이다. 마지막엔 한 줌 재로, 한 가닥 연기로, 땅으로, 허공으로 이미 사라졌는데 남는 것이 무엇이겠는가.

그러나 나의 어머니뿐 아니라 대부분의 보살님은 그렇지 않다. 사리를 통해 스님들의 덕망을 판단하기도 하고, 직접 본인의 눈으로 친견한 후에야 그것을 믿고 그로 인해 복을 쌓을 수 있다고 생각한다. 바람직하다고 생각하지는 않지만, 틀렸다거나 나쁘다고 볼 수만도 없는 일이다. 그것은 그분들의 오랜 믿음이니까.

때마침 경주 큰집에 제사가 있어 내려가려는데 법주사에서 정일 스님의 다비식이 있었다. 전날 법주사에 들러 다비식을 지켜보고, 하룻밤을 지새우며 아침에 습골까지 하는 것을 보고 나서 경주로 내려갔다. 경주로 내려가는 차 안에서도 어머니는 내내 사리가 많이 나왔는지 궁금해하셨다.

2007년 겨울에는 유독 수덕사에서 다비식이 많이 열렸는데, 사리를 수습하지 않는 수덕사의 다비식은 오후 6시 정도면 모두 끝나서 밤을 새울 일이 없기에 어머니를 모시고 다녀왔다.

그러나 다비식을 그토록 보고 싶어 하던 어머니가 연화대에 불붙이는 것만 보고는 다비장을 떠나 대웅전으로 향했다. 법주사에서는 내내

피안을 향하여

자리를 뜨지 않고 지켜봤었는데 오늘은 웬일인지 오래 머물지 않았다. 다비식을 바라보며 어머니는 무슨 생각을 하셨을까.

맨 처음 다비식을 봤던 서암 스님 때는 그저 애잔한 마음뿐이었다. 그 뒤로는 사찰마다 다른 다비 방식에 관심을 두거나, 다비장에 남아 있는 사람들을 유심히 살펴보기도 했다. 그런 와중에도 늘 놓지 않는 생각이 있었으니 바로 죽음이라는 것을 어떻게 받아들여야 하는지다.

부모 자식 간의 인연의 고리가 끊어질 때, 대부분의 사람은 다시 보지 못함을 서운해하고 슬퍼한다. 그리고 생전에 더 잘해드리지 못한 것을 후회한다. 내일 내가 이 세상에 없다면, 내일부터 가까운 내 주변 사람들을 갑자기 볼 수 없다면 어떻겠는가? 그렇게 죽음이 닥쳤을 때를 생각해보면 어떻게 살아야 하는지에 대한 답은 분명해진다. 잘하고 못하고는 상대적이니 그 어떤 사람이 후회가 없을 수 있을까마는 아마도 하루하루를 소중히 여기고자 하는 마음이 조금은 생길 것이다.

여전히 나는 다비식이 있다고 하면 그곳을 찾아간다. 이제 더는 사진을 찍거나 무언가를 얻는다거나 하는 어떤 목적도 없지만, 자연스럽게 발걸음이 그리로 옮겨진다. 이미 너무나 익숙하게 내 생활의 한 부분으로 자리 잡고 있다. 죽음이란 것도 그럴 것이다. 부모님도 나도 언젠가는 가야 할 길. 바람이 불고 구름이 지나가듯 그렇게 일상처럼 지나가는 것. ▨

무슨 미련이 남았기에

양산 통도사

"여기서 통도사까지 거리가 머나?"

"별로 안 멀다. 사십 분이면 가는데."

"그럼, 여까지 왔는데 통도사 한 번 안 갈래?"

오랜만에 경주 큰아버지 댁에 들렀다가 그냥 돌아가기가 섭섭했는지 어머니가 통도사에 가자고 했다. 그렇잖아도 통도사 극락전의 보수 공사가 끝났는지 궁금했던 차에 잘 됐다 싶어 통도사로 향했다.

통도사는 산내 암자가 가장 많은 사찰이다. 산중에 모두 열일곱 개

양산 통도사 자장암 ⓒ 정영자

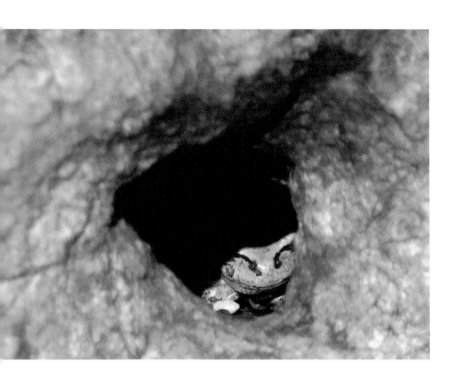

운이 좋게도 개구리보살을 만날 수 있었다.
금와보살이 사는 바위 구멍 앞에
사진 촬영을 하지 말라는 표지판이 있었지만,
어머니는 사진을 찍기 시작했다.
친구분들에게 겨울에 개구리보살을 봤다고
자랑하고 싶어서 그런 것이니
굳이 말릴 수도 없는 노릇 아닌가.

의 암자가 있는데 각 암자는 대부분 다른 일반 사찰에 맞먹을 정도로 규모가 크다. 암자 하나하나가 모두 특색이 있는데 그중 어머니가 항상 들르는 곳은 자장암이다. 한 번씩 모습을 나타내는 금와보살金蛙菩薩 때문이다.

통도사를 창건한 자장 스님은 자장암에서 수행할 때 바위에 구멍을 뚫어 금개구리를 살게 했다고 한다. 금와보살은 산문 밖으로 나가지도 않고 사람이 가지고 나갈 수도 없으며 때론 벌이나 나비 등으로 변해서 경내를 돌아다니기도 한다고 전한다.

나는 십여 년 전 우연히 들렀다가 본 적이 있는데 어머니도 운이 좋아 두 번이나 봤다고 했다. 같이 간 사람 중에서도 어떤 사람들은 보지 못했다고도 하니, 어머니는 그것이 신심信心이 없어서 그런 것이라며 자랑삼아 얘기하곤 했다. 한 번은 금색이었고 다른 때는 녹색이었다고 하는데 어머니는 혼자서 그것을 남자와 여자로 구별해서 부른다.

이미 11월 중순이 지나고 있었으니 별 기대 없이 자장암으로 향했다. 그런데 사람들이 수군거리며 법당 뒤로 가고 있는 것이다. 금와보살이 나타났다고 사람들이 줄을 서서 기다리고 있었다. 한 무리의 일행들이 모두 빠져나가고 어머니와 법당 뒤로 갔다.

"아이고, 개구리보살 나오셨네. 날씨도 이렇게 추운데. 거 참 신기하네."

사람들이 많아 한 번 보고 다시 뒤로 가서 줄을 서서 또 한 번 쳐다

피안을 향하여

보고 그렇게 세 번이나 금와보살을 보고는 자장암을 나섰다. 어머니는 앞으로는 좋은 일이 많이 생기겠다며 연신 기뻐했다.

자장암을 나와 경봉 스님이 머물렀던 극락암에 잠시 들렀다가 통도사 극락전으로 향했다. 극락전의 한쪽 벽엔 반야용선도般若龍船圖가 그려져 있다. 불교에서 반야용선은 사바세계에서 피안의 극락정토로 건너갈 때 타고 가는 배를 말한다. 사찰의 법당에 가면 앞쪽에는 용머리가, 법당 안쪽으로는 용 꼬리가 조각된 것을 볼 수 있는데 법당 자체가 곧 반야용선임을 상징하는 것이다.

극락전의 반야용선도를 보면 스님을 비롯해 갓을 쓴 양반, 젊은 아낙네, 할머니 등 다양한 연령과 계층의 사람들이 있다. 그런데 한 가지 재미난 사실은 극락으로 가는 배를 타고 있음에도 사람들 표정이 그리 밝지 않다는 것이다. 아무리 극락이라 해도 저승보다 이승이 나아서 그런 것일까? 늘 가진 것에 대한 집착과 지난날에 대한 미련을 버리지 못하고 사는 것이 우리 중생들의 모습이니 말이다.

그 사람들을 한 명씩 한 명씩 찬찬히 보다가 유독 한 사람이 눈에 띄었다. 남들은 모두 앞을 바라보는데 혼자서만 뒤를 돌아보고 있었다. 그는 과연 이승에 무슨 미련이 남아 극락으로 가는 길에도 뒤돌아보고 있는 걸까? 혹 젊은 자식을 홀로 남겨두고 온 것이 마음에 쓰여 그러고 있는 건 아닌지. ▽

반야용선 타고

⊞ 창녕 관룡사 ⊟

태곳적 원시의 신비를 간직한 우포. 번잡한 도시생활에 염증이 나면 한 번씩 찾게 되는 곳이다. 게다가 창녕은 화왕산 억새, 고분군, 석빙고를 비롯한 여러 볼거리와 관룡사 등의 불교 유적도 많고, 근처 현풍 비슬산도 가까워 매년 잊지 않고 들른다.

어느 봄날 어머니와 자운영이나 구경할까 하고 우포를 찾았다. 이른 아침 쪽지벌을 둘러보고 등대마을을 지나는데 마침 상여가 보였다. 운전하면서 힐끗 쳐다보고 말았는데 어머니는 요즘 이런 것을 어디 가서

피안을 향하여

보겠냐며 차를 돌려 구경하고 가자고 했다.

돌아가신 분은 부산에 사시던 할아버지였는데 평소 고향 땅에 묻히고 싶다는 말씀을 하셨다고 한다. 선산으로 향할 때까지 행렬을 따라다니다 부디 좋은 곳에서 다시 태어나시라 하고 상여를 떠나보내며 고인의 극락왕생을 빌었다.

가을에 다시 창녕을 찾았는데 이번엔 관룡사에 들렀다. 용선대에 오르니 마침 새녘 산 너머로 해가 떠올라 햇귀가 용선대 부처님께 향하고 있었다. 멀리서 바라보니 용선대라는 이름이 왜 붙었는지 알 것 같았다. 통도사 극락전, 파주 보광사, 안성 청룡암에서 볼 수 있는 반야용선 벽화가 아닌, 자연 그대로의 절벽에 자리한 반야용선의 모습이었다.

몇 장의 사진을 찍고 용선대로 가니 어머니는 내게 천 원짜리가 있냐고 물었다. 절에 다닐 때는 항상 천 원짜리를 열 개 정도 바꿔서 다녀야 한다. 대웅전뿐만 아니라 산신각을 비롯해 모든 전각에 천 원씩 놓으니 늘 잔돈이 필요하다. 새벽에 나오느라 미처 챙기지 못했는데 마침 천 원짜리가 한 장밖에 없었다. 조금 후에 관룡사에 가서 시주할 건데 여기서 할 필요가 있겠냐고 했더니 부처님 앞에 잠시 놓고 다시 가지고 가자고 그러셨다.

"부처님 약 올리는 것도 아니고 그럴 바에 뭐하러 돈 놓고 절을 해?"
"야야, 그래도 어떻게 빈손으로 절만 하고 가냐?"

어머니는 용선대 부처님 앞에 천 원을 놓고 절을 하고는 다시 주머
니에 넣었다.

"아이구, 됐다. 한 번 놓은 것을 어떻게 또 가져가? 그냥 놔두고 절
법당에 가서는 놓지 말자." 했더니 어머니는 웃으면서

"여기까지 스님이 불전함 가지러 오겠냐? 내가 다시 가져다 놓으면
스님도 그게 편하지."라고 하며 용선대 부처님께

"약 올려서 죄송합니다. 부처님." 하고는 "거 참 잘 생기셨네."

하며 다시 한 번 절을 했다.

관룡사 대웅전으로 돌아와 좀 전에 용선대 부처님을 약 올렸던 천
원짜리를 불전함에 다시 넣고 삼배를 했다. 나는 대웅전 부처님 뒤에
있는 후불벽화를 보고 있는데 어머니는 부처님 앞에서 신기하다 신기
하다 하고 계셨다. 당신은 절에 가서 이렇게 짧은 초는 이제껏 보지 못
했다고, 부처님 앞에 놓인 초가 모두 짧은 것들뿐이라는 것이다. 그러
고 보니 어느 법당에 가더라도 이상하리만큼 새것만 봐 왔는데, 과일
도 제일 크고 신선한 것만 놓여 있었는데, 이곳 부처님은 헌 것도 마다
치 않고 계셨다. 게다가 후불벽화가 있는 뒤쪽으로는 거의 다 녹은 양
초들이 잔뜩 쌓여 있었다. 그것도 버리지 않고 또 모아서 사용하려는
모양이다. 그날따라 관룡사 부처님 얼굴이 더 인자해 보였다.

문득, 이제껏 살아온 삶은 무언가를 이루고 얻기 위해서만 살아온

나날이 아니었나 하는 생각이 들었다. 지식을 얻기 위해 공부를 하고, 돈을 벌기 위해 직장을 다니고, 안락한 생활을 위해 집을 사야 하고, 그 집을 꾸미기 위해, 문명의 혜택을 누리기 위해, 끊임없이 여러 물건을 취하면서 살아온 날들. 늘 새로운 무언가를 얻으려고만 했을 뿐, 이미 가지고 있는 것을 쓰며 사는 데는 인색했다. 축적된 지식은 더 지혜로운 삶을 위해 쓰여야 함에도 그러지 못하고 있고, 돈에 집착하다 보니 일의 즐거움을 망각하기도 하고, 편안한 생활을 위해 집을 얻었다지만 그것을 꾸미기 위해 또 다른 노력과 시간이 필요하게 된다. 하루가 멀다 하고 쏟아져 나오는 새로운 기계들을 활용하려고 사용법을 익히다 보면, 어느새 또 다른 신제품이 등장해서 그간의 노력이 더는 쓸모없어지는 경우도 많다.

벌써 세상을 반이나 살았다. 지금까지는 무얼 이루기 위해 달려온 삶이었고 가지려고만 했었는데, 더이상 필요치 않아 보인다. 어차피 생을 마감할 때 가져갈 수도 없는 것들, 물질적인 것이 없다면 마음이라도 나누고 베푸는 삶을 살아야 하지 않을까 싶다.

부모님에게도 마찬가지다. 이제껏 부모에게 바라고 의지하며 살아왔다면, 지금부터는 아주 사소한 것까지, 건강뿐 아니라 마음까지도 헤아려야 한다. 내 남은 인생보다 부모의 시간은 턱없이 짧으니 아마도 그것이 제일 시급한 일 아니겠는가. 친구 중에는 이미 부모님을 떠나보낸 이들이 많으니 나의 부모님만은 안 그럴 것이라는 생각은 부질없는 욕심일 뿐이다.

그러나 슬픈 것은 그런 마음을 서로가 내색하지는 않고 살았으면 하는데, 어찌 근래에 어머니는 죽는 이야기를 자주 꺼내신다. 돌아가신 외할머니를 떠올리며 참 편안히 가셨다고, '나도 그렇게 속 안 썩이고 죽어야 하는데… 몹쓸 병에라도 걸리면 남은 사람이 고생이지.'

내가 알던 사람의 어머니도 비슷한 얘기를 하셨다고 한다. 건강하게 살다가 딱 삼 일만 아프고 죽었으면 좋겠다고. 자다가 갑자기 죽게 되면 준비할 시간이 없으니 며칠의 여유를 말씀하셨다고 한다. 당신도 죽음을 맞이할 시간이 필요하고, 자식들도 허무하게 보내기보다는 떠나보낼 준비를 해야 하지 않겠느냐는 것이다.

얼마 전에는 동대문에 옷 만들 천을 끊으러 갔다가 속옷을 잔뜩 사 오셨다.

"내가 언제 밥맛없다고 한 적 있나? 근데 요즘은 먹어도 먹는 거 같지도 않고, 잠을 자도 잔 거 같지도 않고, 팔다리도 쑤시고, 이러다가 죽을랑가… 자다가 병원 가면 우얄까 싶다. 팬티가 다 떨어져서 만약에 자다가 아파서 병원 가면 망신이다 싶어 오늘 평화시장 갔다가 이만 원어치 담았더니 열 개 주더라."

그냥 말로만 한마디씩 하는 것은 쉬 넘길 수 있으나, 그렇게 작은 일

피안을 향하여

부터 하나씩 준비하는 모습을 보니 그 앞에서 얼굴을 마주 볼 수도, 무슨 말을 해드릴 수도 없었다. 그저 돌아서서 버럭 화를 내며 그런 얘기는 하지 말자고 했지만 어쩌겠는가. 이미 마음속으로는 서로가 준비해야 한다는 것을 알고 있는데….

시나브로 세월이 흘러가는 것이 애석할 뿐이다. ☑

온갖 나무와 풀, 곤충, 물고기, 새… 각종 동식물이 한데 어우러져 사는 곳.

인간마저도 보듬은 자애로운 곳.

어느 누가 찾아와도 마다 않고 오랜 세월 한결같이 제자리를 지키는 우포.

어머니의 품 안처럼 세상에서 가장 포근한 풍경이다.

어부 또한 날마다 하루치의 양식만을 거두어들이니,

욕심 없이 살아가야 함을 일깨워 주는 우포.

세상 모든 풍경이 이와 같으면 좋겠다.

어머니는 한 번씩 이렇게 말씀하신다.

"나 죽으면 화장해서 뿌려라. 무덤 관리하려면 남아 있는 니가 고생이지.

죽고 나면 아무것도 아닌 것을…."

돌아가신 뒤에도 자식 걱정을 해야만 하는 그 모습을 바라보면

말을 잊게 된다.

생각해 본 적도 없고, 하고 싶지도 않지만,

어머니도 나도 이제는 그럴 나이가 돼버린 것이 슬프다.

이제 십 년.
뒤로 보이는 고운 단풍처럼 세상의 아름다운 풍경만
용선대에 겨우 실어드렸으니,
이제부터는 그곳에서 자식으로 인한 근심은 덜어내고
좋은 기억들을 가득 담아드려야겠다.

못다한 이야기

서울에 올라와서 돈 없을 때,

그때 라면이란 게 처음 나왔는데, 10원인가? 19원이든가?

라면이 너무너무 맛있는 거야.

그래서 수프 국물 남은 게 아까워서 국수를 넣어서도 먹었지.

부엌도 없어서 빗물 뚝뚝 떨어지는 처마 밑에서 끓여 먹었어.

요즘 애들은 돈 귀한 줄을 몰라.

먹고 노는 데 흥청망청 쓰기만 하고.

그것도 없어서 못 먹는 사람도 많은데….

된장에 곰팡이가 많이 슬었네.

된장도 그런데 사람이야 오죽하겠나?

맨날 아파트에서 별도 못 보고. 컴퓨터만 들여다보고 있고…

그래서 요즘 사람들이 많이 아프다. 젊은 애들도 병나가 드러눠 있고.

옛날 사람들은 어데 병이 있드나?

먹고 사는 게 별거 아이다.

안 아프고 살면 되지.

쩌~기 미용실 주인이 남편 없이 혼자된 모양이야.

아기 하나 델꼬 사는데,

돌봐줄 사람이 없어서 미용실에 아기를 데리꼬 와가 일을 하더라.

애기 땜에 일이 제대로 되겠나?

그래서 그런지 손님이 하~나도 없다.

니도,

앞으로는 저 미용실에서 머리 짤라라.

니도 알지? 전에 답십리 살 때 엄마 친구.

어제 돈 엄청 썼다. 일식집에 갔는데 예약 안 하면 드가지도 못하는 데라 카더라.

옛날에 돈 오만 원 꿔준 거 빚지고 있어서 갚는 거라고 하면서.

부동산 해서 망했을 때 막내아들 옷 사 입힐 돈이 없어서 내가 그때 해줬는데

내도 기억이 쪼매 나는 거 같아.

죽기 전에 한 집 한 집 지 빚진 것 다 갚는단다.

사람이 한평생, 빚지고는 안 살아야지.

옛날엔 하루 종일 서서 다녀도 괜찮더니만 이제는 마 못 그러겠데이.

갔다 오면 이틀 삼 일 쉬어야 되고

손은 또 왜 이렇게 계속 저린지….

이러다가 혹시 중풍 걸리는 건 아닌지 모르겠네.

어제 테레비 보니까 솔잎 끓여 먹으면 좋다 카더라.

나, 내일 경주에 좀 갔다 올게.

저번에 눈 많이 와가 산소 옆에 소나무 큰 거 두 그루가 쓰러졌다네. 그게 적송이거든.

솔잎 좀 따가 와야겠다.

지금이야 이렇게 지내지만, 더 나이 먹어서 기운 없고 일도 못 하면 우짤까.

노인하고 같이 살면서 얼마나 스트레스받겠나?

니한테 피해 줄까 봐 걱정이다.

마 나는 지금이라도 아버지 없으면 요양원 같은 데 들어가고 싶다.

낙산사 요양원에 가려면 3년 이상 양양에 살아야 한다 하는데,

지금이라도 낙산사 가서 한 3년 봉사하다가 요양원에 들어갈까 싶다.

나는 너희한테 헌신적으로 했는데도 아무 결과가 없는 거 같다.

마음으로 후회가 될 때도 있다.

이제까진 니 처지에서 생각해 왔는데,

이젠 내 입장에서도 생각해봐 줬으면 좋겠다….

엄마.

요즘은 길거리를 다니면서 엄마 또래의 사람들을 보면 괜히 눈물이 나.

처음엔 손수레를 끌며 폐지 줍는 노인들을 볼 때만 그랬는데,

이젠 지하철을 타고 다니는 할아버지, 한껏 멋을 부린 할머니를 봐도 그러네.

나이 드신 누구를 봐도 눈물이 나는 건,

그 모습에서 흘러가는 세월을 느끼기 때문인가 봐.

한때는 빨리 어른이 되고 싶었던 적이 있었는데

내가 나이 먹는 만큼 엄마도 나이를 더 먹게 된다는 사실은 생각지 못했네.

엄마.
이젠 바람에 떨어지는 꽃잎만 봐도, 하늘을 떠다니는 구름만 봐도
세월이 흘러가는 걸 느껴.
아파트 화단에 심어져 있는 매화와 목련과 은행나무.
앞으로 엄마와 함께 저 꽃이 피고 지는 걸 몇 번이나 볼 수 있을까.
비바람에 낙엽이 수북이 쌓인 모습을 또 얼마나 볼 수 있을까.
꽃사과나무 열매에 눈이 쌓이는 걸 몇 번이나 더 볼 수 있을까.

엄마,
이렇게 지난날을 정리하다 보니 10년이 넘는 오랜 세월이 한순간에 스쳐가네.
늘 함께 했던 지난날, 서로가 눈치를 보기도 하고 마음 아픈 일들도 있었지만,
힘든 일을 겪고 나서야 끈끈해지는 건지
한결 편해지고 웃는 날이 많아진 요즘이 나는 너무나 좋다.

엄마,
이젠 형과 나, 자식들 걱정은 조금씩 내려놨으면 좋겠어.
많이 늦긴 했지만 이제라도 엄마가 하고 싶었던 일들, 해보지 못했던 것들,
그렇게 엄마 자신만을 위한 시간들을 많이 가졌으면 좋겠다.

엄마,
딸이라도 있었더라면,
엄마가 이렇게 힘들고 쓸쓸하진 않았을 텐데.
이제껏 한 번도 못 해본 말.
말로 할 수 있을 때가 과연 오기나 할까?
영영 못 할까 먼저 이렇게 글로 대신해.
엄마,
사랑해.

안재인

1969년 서울 출생. 연세대학교를 졸업하고 부산불교방송에서 7년간 PD 생활을 했다. 2005년에는 한국문화콘텐츠진흥원에서 주관하는 '한국의 굿' 프로젝트에 참여해 사진과 비디오 촬영 및 편집을 담당했다. 2006년, 일연스님 탄생 800주년을 맞이해 열린 '삼국유사 특별전'(서울 시립미술관)에서는 일연스님의 발자취가 서린 곳에 대한 다큐멘터리를 제작해서 상영하기도 했다. 지금은 우리 문화 전반에 걸친 사진 작업과 글 쓰는 작업에 전념하고 있다.
저서로는《아니 온 듯 다녀가소서》(2007, 호미출판사)가 있다.

블로그 blog.naver.com/sosorivaram

정영자

1942년 영천 출생. 1964년 혼인해서 서울로 왔으며, 1969년 둘째 아들을 낳았다. 1985년부터 대구 팔공산 갓바위를 시작으로 나라 곳곳의 사찰을 순례 중이며 지금까지 다닌 절이 400곳이 넘는다. 손재주가 있어 연밥이나 개복숭아 씨로 염주를 만들어 나눠주기도 하고, 천을 끊어 법복을 만들어서 스님들이나 공양주 보살들에게 보시하기도 한다. 요즘은 아크릴물감으로 고무신에 연꽃이나 매화 등을 그려 넣는 취미에 빠져 있다.

바람이 멈추지 않네

2015년 5월 8일 초판 1쇄 발행

글 · 안재인 | 사진 · 안재인, 정영자

펴낸이 · 이성만
책임편집 · 최세현
마케팅 · 권금숙, 김석원, 김명래, 최민화, 조히라
경영지원 · 김상현, 이윤하, 김현우
펴낸곳 · (주)쌤앤파커스 | 출판신고 · 2006년 9월 25일 제406-2012-000063호
주소 · 경기도 파주시 회동길 174 파주출판도시
전화 · 031-960-4800 | 팩스 · 031-960-4806 | 이메일 · info@smpk.kr

© 안재인 (저작권자와 맺은 특약에 따라 검인을 생략합니다)
ISBN 978-89-6570-230-6 (03810)

쌤앤파커스(Sam&Parkers)는 독자 여러분의 책에 관한 아이디어와 원고 투고를 설레는 마음으로 기다리고 있습니다.
책으로 엮기를 원하는 아이디어가 있으신 분은 이메일 book@smpk.kr로 간단한 개요와 취지, 연락처 등을 보내주세요.
머뭇거리지 말고 문을 두드리세요. 길이 열립니다.